ラストで君は「まさか!」と言う

きらめく夜空

ようこそ、きらめきトラベルへ。今回は、どのような旅をご希望ですか?

ふむふむ……これまで体験したことのないような、すてきな旅を楽しみたい。

それならワタシのおすすめは、星と星座《せいざ》をめぐるツアーです。

たとえば、プラネタリウムでスリルを味わう旅はいかがでしょう。自分を見つめなおす、よい機会になるかもしれません。

星占《ほしうらな》いに導《みちび》かれ、甘酸《あまず》っぱい初恋《はつこい》を思い出す旅もおすすめです。ご出発日は、あなたの星座《せいざ》ランキングが一位の日を選びましょう。

他《ほか》には、天体観測《かんそく》ができる旅もありますよ。美しい星空に心動かされ、気がついたら涙《なみだ》を流していた、なんて声もよく聞きます。

そうそう——未知の宇宙《うちゅう》体験ができる旅は、スマホのアプリからのご予約限定《げんてい》です。こちらもぜひ、ご検討《けんとう》くださいね。

ちなみにオプションとして、四季折々《おりおり》の星座《せいざ》が見られる特別なホテルもご用意しております。ホテルのレビューは、なんと☆が四・九という超高評価《ちょうこうひょうか》!

春の星座《せいざ》に夏の星座《せいざ》、秋の星座《せいざ》や冬の星座《せいざ》を、思う存分《ぞんぶん》お楽しみいただけます。

星は、とても不思議《ふしぎ》な存在《そんざい》です。

神秘的《しんぴてき》なかがやきと美しさは、遠い昔からわれわれの心を魅了《みりょう》し続《つづ》け、永遠《えいえん》の謎《なぞ》を投げかけているようにも思えます。

え？　他《ほか》にもツアーの内容《ないよう》を説明してほしい？

もちろんです！　……と言いたいところですが、ここから先はワタシが話すよりも、

こちらの本を読んでいただくほうがいいでしょう。

ここから先のページでは、星の数ほどあるものの中から厳選《げんせん》した、十七のきらめきをお届《とど》けします。

どのきらめきも、あなたをすてきな〝物語の旅〟に連れていってくれるはず。

さぁ、ページを開いて、星めぐりの旅に出かけましょう。

あなたのお気に入りの、星と星座《せいざ》の物語が見つかりますように。

きらめきトラベル一同、夜空を見上げて、流れ星に祈《いの》っております――。

もくじ

contents

●執筆担当

小鳥居ほたる（p.86 ～ 97、136 ～ 147）
小春りん（p.2 ～ 3、8 ～ 16、26 ～ 38、64 ～ 75、115 ～ 127、170 ～ 178）
櫻井とりお（p.17 ～ 25、107 ～ 114、128 ～ 135、159 ～ 169、179 ～ 191）
花園メアリー（p.52 ～ 63）
村咲しおん（p.39 ～ 51、76 ～ 85、98 ～ 106、148 ～ 158）

星博士《ほしはかせ》

小学生のころ、クラスに〝星博士《ほしはかせ》〟と呼《よ》ばれた男子がいた。

星博士《ほしはかせ》はその名の通り星好きで、星の知識《ちしき》だけはクラスのだれにも負けなかった。

愛読書は、星と星座《せいざ》の図鑑《ずかん》。愛用している下敷《したじ》きは星座《せいざ》が描《か》かれているもの。

消しゴムには鉛筆《えんぴつ》で穴《あな》をあけて、お気に入りの星座《せいざ》を描《か》いていた。

そんな星博士《ほしはかせ》の名字は〝北斗《ほくと》〟だった。『下の名前が〝七星《しちせい》〟なら、大好きな〝北斗七星《ほくとしちせい》〟だったのに』と、よく悔《くや》しがっていたことを覚えている。

「──大熊《おおぐま》くん。私《わたし》の話、聞いてる？」

考えこんでいた俺《おれ》は、名前を呼《よ》ばれて我《われ》に返《かえ》った。

大熊光晴《おおぐまこうせい》、中学二年。どうして今、星博士《ほしはかせ》のことなんて思い出したのかといえば、星《ほし》博士《はかせ》があこがれていた名前の女の子に告白《こくはく》されたからだ。

「えーと、ごめん。俺《おれ》、告白《こくはく》されるのとか、初めてだしびっくりして」

緊張《きんちょう》を誤魔化《ごまか》すように、ガシガシと頭をかいた。

すると、彼女《かのじょ》……春野七星《はるのななせ》も、

「私《わたし》も、告白《こくはく》したのは大熊《おおぐま》くんが初めてだよ」

と言って、照れくさそうに笑《わら》った。

その表情《ひょうじょう》がなんだか愛らしくて、一瞬《いっしゅん》ドキッとしてしまった。彼女《かのじょ》は明るくてかわいい、クラスの人気者だ。頭がよくて、学級委員もやっている。

そんな彼女《かのじょ》が、どうして俺《おれ》に告白《こくはく》してきたのか、理由がさっぱりわからなかった。

自分で言うのも悲しいけれど、俺《おれ》はイケメンでもないし、運動が得意《とくい》なわけでも勉強ができるわけでもない。何をやっても普通《ふつう》の、パッとしないやつなのだ。

俺《おれ》たちの接点《せってん》といえば、一年生の時にクラスが同じだったことくらいだけれど、当時は話したこともほとんどなかった。

「こんなこと聞くのは変だけど、なんで俺《おれ》を好きになったの？」

もしかしてこの告白《こくはく》は、たちの悪い罰《ばつ》ゲームとかかもしれない。

疑心暗鬼《ぎしんあんき》になった俺《おれ》は、彼女《かのじょ》から目をそらしながら尋《たず》ねた。

「大熊《おおぐま》くんのことが気になったきっかけは、中学に入って初めての中間テストの時」

ところが彼女《かのじょ》は、正々堂々《せいせいどうどう》と答えた。おどろいて顔を上げたら嘘《うそ》のない真っすぐな目と目が合って、思わずごくりと喉《のど》が鳴った。

「中学に入って初めての中間テスト……？」

動揺《どうよう》して声が震《ふる》えた。彼女《かのじょ》の言葉を聞いた俺《おれ》は、〝あること〟を思い出したんだ。


『え？　や、やだ。嘘《うそ》、どうしよう』

あれは、そう。たった今彼女《かのじょ》が言ったように、中学生になって初めての中間テストの日のこと。俺《おれ》と彼女《かのじょ》は、偶然《ぐうぜん》席が隣同士《となりどうし》だった。チャイムが鳴って、いよいよテストがはじまるという時に、隣《となり》の席の彼女《かのじょ》は落ち着かない様子で自分のカバンの中やペンケースをガサゴソとあさっていた。

チラッと机《つくえ》の上を見ると、筆記用具の中に消しゴムがなかった。緊張《きんちょう》していた彼女《かのじょ》は、よりにもよって消しゴムを忘《わす》れてしまったんだ。テストがはじまる寸前《すんぜん》に気づいたからかテンパっていて、先生に消しゴムを忘《わす》れたことも言い出せずに青ざめていた。

『もしかして、消しゴム忘《わす》れたの？』

『え？』

『これ、予備《よび》で持ってきたやつだから、もしよければ使って。もういらないやつだから、返さなくていいし』

俺《おれ》は自分のペンケースの中に入っていた、ずっと使っていなかった消しゴムを取り出して、彼女《かのじょ》に渡《わた》した。

その消しゴムと俺《おれ》を交互《こうご》に見た彼女《かのじょ》が、『ありがとう』と言ったあと、泣きそうな顔で笑《わら》ったのを覚えている。

「すごくうれしかった。あれ以来、大熊《おおぐま》くんのことを目で追うようになったんだ」

また、照れくさそうに彼女《かのじょ》が言った。彼女曰《かのじょいわ》く、そのまま、いつしか自然と俺《おれ》のことを好きだと思うようになったらしい。

対する俺《おれ》は、今度は別の〝あること〟を思い出して、眉根《まゆね》を寄《よ》せた。

「消しゴム、返すべきか迷《まよ》ってるうちに、今日になっちゃった。ごめんね」

彼女《かのじょ》が差し出した手のひらには、あの日、俺《おれ》が渡《わた》した消しゴムが載《の》っていた。

「別に、それはあげたやつだから返さなくていいよ」

「でも私《わたし》、あれ以来、一度も使えずにいるの。だって……これ、使ったら消えちゃうから」

彼女《かのじょ》は慣《な》れた様子で、消しゴムのスリーブを外した。

長方形の白い面には、〝鉛筆《えんぴつ》で刺《さ》された黒い点〟が七つ並《なら》んでいる。

「これって、北斗七星《ほくとしちせい》だよね？」

ドクドクと心臓《しんぞう》が嫌《いや》な音を立てていた。

「大熊《おおぐま》くんって、星座《せいざ》が好きなの？」

太ももの横で握《にぎ》りしめたこぶしに力をこめた俺《おれ》は、何も答えられずに、彼女《かのじょ》の真っすぐな視線《しせん》から逃《に》げるように目をそらした。

消しゴムの北斗七星《ほくとしちせい》。それはたしかに、俺《おれ》が小学生の時に描《か》いたものだった。

俺《おれ》は小学生のころ、〝星博士《ほしはかせ》〟と呼《よ》ばれていたほどの、大の星好きだったのだ。

だけど中学に上がる少し前、両親が離婚《りこん》して名字が北斗《ほくと》から大熊《おおぐま》に変わり、星のことを考えるのが嫌《いや》になってしまった。

「……ごめん。やっぱり俺《おれ》、つき合うとか無理かも」

小さく深呼吸《しんこきゅう》をした俺《おれ》は、彼女《かのじょ》に、両親が離婚《りこん》していることを正直に話した。

真剣《しんけん》に告白《こくはく》してくれた彼女《かのじょ》には、誠心誠意《せいしんせいい》こたえるべきだと思ったから。

昔は名字が北斗《ほくと》だったこと、星博士《ほしはかせ》と呼《よ》ばれていたこと。北斗七星《ほくとしちせい》が大好きだったことなどを、洗《あら》いざらい打ち明けた。

「だから俺《おれ》は、どんなに好きでも、いつかは終わりがくるかもって考えると怖《こわ》いんだ」

両親だって、昔はすごく仲がよかったのに、別れる時はあっさりしていた。

俺《おれ》だって……あんなに星が大好きだったのに、今は星のことを考えると苦しくなる。

だから、彼女《かのじょ》もいつかは俺《おれ》を好きじゃなくなるかもしれない。俺《おれ》が彼女《かのじょ》を好きになっても終わりがくるかもしれないと考えたら怖《こわ》くて、前に踏《ふ》み出《だ》す勇気をもてなかった。

「こんな俺《おれ》に、告白《こくはく》してくれてありがとう」

臆病者《おくびょうもの》の俺《おれ》は、彼女《かのじょ》に向かって精一杯《せいいっぱい》頭を下げた。

彼女《かのじょ》は悲しげに目を伏《ふ》せたあと、力が抜《ぬ》けたように肩《かた》を落とした。

これでいいんだ。これが、おたがいのためなんだ。

ところが、俺《おれ》が心の中でうなずいたら、彼女《かのじょ》は消しゴムを握《にぎ》りしめて顔を上げ、もう一度真っすぐに俺《おれ》を見た。

「終わってなんかないよ」

次の瞬間《しゅんかん》、力強い声でそう言うと俺《おれ》の手を取って、消しゴムを握《にぎ》らせた。

「終わってない……？」

「だって〝北斗七星《ほくとしちせい》〟は、〝大熊《おおぐま》〟の中にあるじゃない！」

一瞬《いっしゅん》、意味がわからずに、ぽかんとしてしまった。

北斗七星《ほくとしちせい》は、大熊《おおぐま》の中にある――？

「あっ！」

すぐに彼女《かのじょ》の言葉の意味を理解《りかい》した俺《おれ》は、目を見開いて声をあげた。

喉《のど》の奥《おく》が熱い。同時に熱い涙《なみだ》がこみ上げてきて、鼻の奥《おく》がツンと痛《いた》んだ。

「……そうだった。俺《おれ》、星博士《ほしはかせ》なのに気づけなかった。バカだなぁ」

つぶやいたあと、俺《おれ》は彼女《かのじょ》のことを、もっとよく知りたいと思った。

まるで、初めて星を見て感動した日のように、心が強く惹《ひ》かれたんだ。

「あのさ、さっきはつき合うのは無理って言ったけど。やっぱり、俺《おれ》……友だちからはじめさせてもらっても、いいかな」

消しゴムを持っていないほうの手を差し出すと、彼女《かのじょ》は泣きそうな顔をしたあと、とてもうれしそうに笑《わら》ってくれた。

「もちろんだよ。これからよろしくね、大熊《おおぐま》くん」

「こちらこそ。これからよろしく——七星《ななせ》さん」

彼女《かのじょ》……七星《ななせ》さんの笑顔《えがお》を見たら、自然と俺《おれ》の顔もほころんでいた。

春が来たら、ふたりで星を見にいこう。そして、彼女《かのじょ》の名前がついた北斗七星《ほくとしちせい》を探《さが》すんだ。ふたり一緒《いっしょ》なら、きっとすぐに見つけられる。

だって、春の夜空にかがやく〝北斗七星《ほくとしちせい》〟は、〝おおぐま座《ざ》〟の一部だから——。

思い出のプラネタリウム

オレは今、警察《けいさつ》に追われている。

詐欺《さぎ》で大金をせしめたのだ。金はもう秘密《ひみつ》の口座《こうざ》へ送金済《ず》み。あとは偽造《ぎぞう》パスポートで海外へひとっ飛び、優雅《ゆうが》に一生遊んで暮《く》らす、はずだった。

いよいよ出発という朝、オレは仲間たちと隠《かく》れ家《が》でのんびり旅の支度《したく》をしていたが、いきなり警察《けいさつ》に踏《ふ》みこまれた。仲間は数名捕《つか》まったようだが、オレはとっさに裏口《うらぐち》から飛び出し、ひとりでなんとか逃《に》げおおせた。

必死に走りながらオレは思い出す。あの日の前夜、仲間のB《ビー》の様子がなんだかおかしかった。もう帰るという仲間を引《ひ》き留《と》めて、「今晩《こんばん》はみんなで飲み明かそうぜ」なんて言ってやがった……そうか、あいつが警察《けいさつ》にタレこんだんだな。覚えてろよ。

しかし、今は警察《けいさつ》から逃《に》げることだけを考えなければ。ほとぼりがすっかり冷めて海外へ脱出《だっしゅつ》できるようになるまで、とりあえずどこかに身を隠《かく》すのだ。

街角に警官《けいかん》がいればまわり道をし、電車で同じ路線を行ったり来たりをくり返したり、一晩中《ひとばんじゅう》歩きまわったり、雑踏《ざっとう》の中へ飛びこんだり、ファストフード店の店内でつかの間仮眠《かみん》をとったり、とにかく見つからないことだけを心がけ、この数日を過《す》ごした。

おかげで、身も心もへとへとだ。

気がつくと、思いもよらないところへ来ていた。

ここは、オレが生まれてから高校生までの時を過《す》ごした、郊外《こうがい》の街、風花《かざはな》市だ。

もう二十年はたっているから、店や建物はだいぶ変わっている。しかし、駅前のロータリーから延《の》びる道のすべては、ガキのころからのなじみだ。手に取るようにわかる。

それにしても、建物も道もみんな小さく見える。それは、オレが成長したってことなのか……成長ってなんだよ。思わず皮肉な笑《わら》いが漏《も》れる。

駅前ロータリーには大きなビジョンがあった。

「風花《かざはな》市内、本日の天気と気温」、「市民税《しみんぜい》第三期納期《のうき》は十月三十一日です。風花《かざはな》市役所」などなど、平和なお知らせが流れる。

こんなのは、オレの住んでいたころにはなかったなあ。

ぼうっと眺《なが》めていたら、ふいに画面が切《き》り替《か》わった。緊張《きんちょう》気味の高校生が、数人ずらりと並《なら》んでいるのが映《うつ》し出《だ》される。

「わたしたちは、風花《かざはな》高校、放送部です。この風花《かざはな》ビジョンで、毎週水曜日、午後三時から生中継《なまちゅうけい》に挑戦《ちょうせん》しています。どうぞご覧《らん》くださーい！」

たどたどしく声を合わせて、ひらひら手を振《ふ》った。

思わず頬《ほお》がゆるむ。

風花《かざはな》高校は、オレの通っていた高校だ。へえ、制服《せいふく》のデザイン変わってないんだ。そういえば、当時の彼女《かのじょ》が放送部だった。あの子、今は結婚《けっこん》していいお母さんになってるんだろうか、優《やさ》しい子だった……なんてガラにもなく昔のことを思った。

しかし、高校生が消えたあとに、「電話を使った詐欺《さぎ》に注意しよう！ 風花警察《かざはなけいさつ》」というのが出て、オレは一気に現実《げんじつ》に引《ひ》き戻《もど》された。

気がつけばすぐ近くに交番があって、ヒマそうなオマワリがフ抜《ぬ》けた顔で同じビジョンを眺《なが》めているではないか。

オレは不審《ふしん》に思われないよう静かに方向転換《てんかん》をした。ゆっくり、しかしかなりの大股《おおまた》でその場を立ち去った。

小さなビジネスホテルの前を通りかかり、しばらく考える。

もうくたくただ、ここに入ってぐっすり眠《ねむ》りたい、しかし待てよ、この街で平日の昼間に入る客は多くはあるまい、フロント係に顔を覚えられる恐《おそ》れがある、そう判断《はんだん》して、ホテルはあきらめた。ならば、駅から電車に乗ってしまえばよかった、今さら駅前に戻《もど》れば、さっきのオマワリに目をつけられるかもしれない、たぶんオレの顔写真は、緊急《きんきゅう》手配されて全国の警察《けいさつ》に知らされているだろうし……。

後悔《こうかい》とあせり、ここ数日間の睡眠《すいみん》不足と疲労《ひろう》とがまざり合って、悪夢《あくむ》みたいにどろどろとオレにまとわりつく。意識《いしき》は半ばもうろうとしている。鈍《にぶ》い足取りで、オレは故郷《こきょう》の街をさまよい続けた。

どのくらい歩きまわっただろう。ふいに、さわやかな風を感じた。

まわりを見ると、木立が点在《てんざい》している。木の葉がさわさわ鳴り、花壇《かだん》の花々《はなばな》や芝生《しばふ》の地面に涼《すず》し気《げ》な木漏《こも》れ日《び》を落としている。

ここは市民公園じゃないか。ここでも、ガキのころよく遊んだな。

あたりに人はいないようだ。ベンチに座《すわ》って休もうときょろきょろ探《さが》すと、向こうに地味なコンクリート造《づく》りの建物が見えた。

オレの足は勝手にふらふら動き出し、自然にその建物をめざした。

やっぱり。まだあったのか。

その建物は、市立のプラネタリウムだ。今も、ひっそり営業《えいぎょう》しているようだ。

思い出が頭の中からあふれ出す。

ガキのころ、何度か親父《おやじ》に連れられてきた。あのころは、親父《おやじ》も元気だった。優《やさ》しい親父《おやじ》で、おふくろもオレも幸せだった。オレの誕生日《たんじょうび》の星座《せいざ》、てんびん座《ざ》の解説《かいせつ》をやってたのを、今でもよおく覚えている。

『てんびん座《ざ》は星座占《せいざうらな》いの誕生星座《たんじょうせいざ》としては秋ですが、実際《じっさい》に見やすいのは初夏から夏にかけてです。南の空低く、まず、さそり座《ざ》の赤いアンタレスを探《さが》しましょう。その少し上にあるのが、てんびん座《ざ》です。神話では、正義《せいぎ》の女神《めがみ》が人間の善《ぜん》と悪とをてんびんに載《の》せて判決《はんりつ》を下していました。けれども、いつまでたっても人間は悪事をやめず、争いは世界から絶《た》えません。すっかり人間に愛想《あいそ》をつかした女神《めがみ》は、天に上っておとめ座《ざ》となり、天界に持ち帰ったてんびんも同時に星座《せいざ》となりました……』

オレは笑《わら》い出《だ》す。しかし、今度はひどく苦い笑《わら》いだ。今のオレの善悪《ぜんあく》のてんびんは、思いっきり悪にかたむくのだろう、そう思うと口元が不自然にひきつる。

どうして、こうなった。どうして、オレは今こんなになってしまった。

しかし女神様《めがみ》よ、オレにだって言い分があるんだぜ。

優《やさ》しく善良《ぜんりょう》な親父《おやじ》は人にだまされ、莫大《ばくだい》な借金を押《お》しつけられて死んだ。おふくろもショックでほどなく親父《おやじ》のあとを追った。残されたオレが、その後どんなに苦労したことか。高校は途中《とちゅう》で辞《や》めざるを得《え》なくなり、優《やさ》しい彼女《かのじょ》ともそれきりだ。

オレがこんな人間になっちまったのはそのせいだ。いくら善良《ぜんりょう》でも、金がなければ家族すら守れない。人をだましても、法律《ほうりつ》を犯《おか》しても、金を稼《かせ》がなければならなかった。それは生《い》き延《の》びるために、どうしても必要なことだったんだ。

それに、今回の詐欺《さぎ》の相手は、老い先短い年寄《としよ》りばかりだ。使うあてもなく貯《た》めこんだ金を、有効《ゆうこう》利用してやろうってだけさ。オレが金をじゃんじゃん使えば、恩恵《おんけい》を受ける人間が増《ふ》え、社会は豊《ゆた》かになるんじゃないのかい？

「女神《めがみ》様、そこんとこ※情状酌量《じょうじょうしゃくりょう》してくれねえかな」

苦い笑《わら》いのまま、オレはつぶやいた。

しかし、プラネタリウムとは、いいアイデアかもしれない。まさか、こんな平和でのんきな教育施設《しせつ》に、悪人が立《た》ち寄《よ》るとは警察《けいさつ》も考えまい。

それより何より、オレはくたびれきっていた。静かで暗いプラネタリウムで、ちょいとひと休みさせていただこう。もしかしたら、死んだ親父《おやじ》とおふくろに、昔の彼女《かのじょ》に、

※情状酌量《じょうじょうしゃくりょう》＝裁判官《さいばんかん》が、被告人《ひこくにん》の事情《じじょう》を汲《く》みとって罪《つみ》を軽くすること。

夢《ゆめ》の中で会えるかもしれない。

用心深く、あたりを見まわす。やはり、ここらには人っ子ひとり見当たらない。

オレはゆっくり落ち着いた足取りで、プラネタリウムへ入っていった。


最初何が起こったのか、理解《りかい》が追いつかなかった。

強い光に目がくらみ、同時にまわりが人の気配でいっぱいなのを感じた。なんとか目を開けると、制服姿《せいふくすがた》の高校生たちがオレをとり囲《かこ》んでいた。その向こうにも人が大勢《おおぜい》いる。みんなにこにこ笑《わら》いながら、拍手《はくしゅ》している。

目の前にいるのは、制服姿《せいふくすがた》の高校生、女の子だ。オレの顔に押《お》しつけんばかりに、何かを差し出す。こ、こ、これは、マイク？

「おめでとうございま――す！」

女子高校生はカン高い声で叫《さけ》んだ。

「あなたはこの、風花《かざはな》市立プラネタリウムが、五十年前に創立《そうりつ》されてから、ちょうど五十万人目の、奇跡《きせき》のお客様なんですよ！　ご感想はいかがですか？」

彼女《かのじょ》の後ろには、テレビカメラと照明を構《かま》えた制服姿《せいふくすがた》の高校生たちがいる。カメラのレンズには、引きつったオレの顔がアップで映《うつ》っている。別方向から押《お》しつけられたのはゴージャスな花束か。笑顔《えがお》の人々《ひとびと》がさらに寄《よ》ってきて、オレはもみくちゃにされる。

その中でも、レポーターの女子はカン高く叫《さけ》び続《つづ》ける。

「わたしたちは、風花《かざはな》高校放送部です。現在《げんざい》、生放送中です。この様子は風花《かざはな》ビジョンにて、市内十二か所で放映《ほうえい》されてるんです。どちらからいらっしゃったんですか？」

笑顔《えがお》の人々《ひとびと》はますます増《ふ》えてきたようだ。これじゃ、まるで満員電車だ。こいつら、いったい、さっきまでどこにいた？　おどろきすぎて、オレは身動きすらできない。

騒《さわ》ぎを聞きつけたのか、例のビジョンを見たのか、サイレンの音が近づく。人々《ひとびと》の頭《あたま》越《ご》しに、停車《ていしゃ》するパトカーが見えた。

全身の力がぐったり抜《ぬ》ける。オレはプラネタリウムの天井《てんじょう》を仰《あお》いだ。

「女神《めがみ》様よ、これがあんたの判決《はんけつ》なんだな……」

双子《ふたご》の誕生日《たんじょうび》

「ねぇ、兄《にい》ちゃん。こっちで本当に合ってるの？」

「たぶん。地図を見ると、宝物《たからもの》まではもうすぐだぞ」

オレたち兄弟はトレジャーハンターだ。宝物《たからもの》を探《さが》して、洞窟内《どうくつない》をさまよっている。

「でも、さっきから何も景色《けしき》が変わってないよ。ずーっと同じ場所をグルグルまわっているだけで、僕《ぼく》もう飽《あ》きちゃったよ」

宝探《たからさが》しにずいぶん時間がかかったせいで、隣《となり》にいる弟は文句《もんく》ばかり口にしていた。

弟はいつもこうだ。甘《あま》ったれで、わがままだけど、なぜか不思議《ふしぎ》と憎《にく》めない。

「この洞窟《どうくつ》、真《ま》っ暗《くら》だし、どんどんせまくなってきてるし、早く出たいよ」

「だからっ。早く出るためにも、宝物《たからもの》を探《さが》さなきゃいけないんだろ。文句《もんく》ばっかり言ってないで、おまえも少しは協力しろよな！」

オレが注意すると弟は、「ちぇっ」と言いながら、近くの壁《かべ》を足でけった。

弟が言う通り、洞窟内《どうくつない》は真《ま》っ暗《くら》だ。すごく暑いし、本当にせまくなってきている。

そのうえ、ちょっと前からオレは息苦しさを感じていた。理由はわからないけれど、一刻《いっこく》も早く宝物《たからもの》を探《さが》してここを出なければいけない気がしている。

「兄《にい》ちゃん、兄《にい》ちゃん！」

「……ん？　ああ、どうした？」

一瞬《いっしゅん》、ボーッとしていたオレは、弟の声で我《われ》に返《かえ》った。

「ねぇ、あれは何かな⁉」

弟が指さすほうを見ると、何かがぼんやりと光っているのが見えた。

「あっ！　あれは、オレたちが探《さが》していた宝物《たからもの》だ！　ようやく見つけたぞ！」

不思議《ふしぎ》な壁《かべ》の前には、キラキラと光る石がふたつ並《なら》んでいた。

それは、まさしくオレたちが探《さが》していた宝物《たからもの》だった。

「やったね、兄《にい》ちゃん！　あれ？　でもこれ、大きさがちがうねぇ」

「えっ？」

ところが、ふたつの石は大きさがちがっていた。

さらに、よくよく見ればかがやきにもちがいがある。大きい石は見るからに宝物《たからもの》という感じで光っているけれど、小さい石はなんだか頼《たよ》りなく光っているだけだった。

オレはとっさに、大きい石に手を伸《の》ばした。大きい石のほうが宝物《たからもの》として魅力的《みりょくてき》だし、だれだってこっちが欲《ほ》しいに決まっている。

ここまで来るのに、弟はただ文句《もんく》を言っていただけだ。だから、どう考えてもオレに大きい石をもらう権利《けんり》があると思ったんだ。

「兄《にい》ちゃん、ありがとう」

その時、弟が予想外の言葉を口にした。オレはあと少しで大きな石に届《とど》きそうだった手を止めると、隣《となり》にいる弟のほうを向いた。

「ありがとうって、どういうことだ？」

「だって、僕《ぼく》ひとりだったら、ここまでがんばれなかったと思うから。僕《ぼく》、兄《にい》ちゃんと一緒《いっしょ》で、ほんとによかった」

弟はニッコリと笑《わら》った。ハッとしたオレは、伸《の》ばした手を引っこめてうつむいた。

ああ、そうだ。オレたちは、たったふたりの兄弟だった。励《はげ》まし合《あ》いながら、ここまで来たのだ。それなのにオレは今、自分のことしか考えられなくなっていた。

「オレのほうこそ……おまえと一緒《いっしょ》で、楽しかったよ」

オレだって、ひとりだったら今日までがんばれなかったと思う。ふたりだから、ずっと探《さが》していた宝物《たからもの》を見つけることができたんだ。

「う……っ」

不意に、先ほどまで感じていた息苦しさが強くなった。

「兄《にい》ちゃん、どうしたの？」

「い、いや。なんでもない」

オレは、苦しさを弟に悟《さと》られないように、精一杯《せいいっぱい》笑《わら》ってみせた。

そして、今ある力を振《ふ》りしぼって、弟の背中《せなか》を押《お》した。

「おまえが、大きい石を取れよ」

「え？　兄《にい》ちゃんが大きい石じゃないの？」

「うん。最初に宝物《たからもの》を見つけたのはおまえなんだから、おまえがこれを選ぶべきだ」

弟が大きい石を取ったら、すぐにここから出られるはずだ。どうしてなのかはわからないけれど、この時のオレは、不思議《ふしぎ》とそう確信《かくしん》していた。

「本当に、僕《ぼく》が大きいほうでいいの？」

「いいよ。オレは兄《にい》ちゃんだから、小さくても気にしないよ」

弟は、少しだけとまどった様子でオレを見ていた。けれど、オレが本気で言っていることに気がつくと、力強くうなずいてから前を向いた。

「わかった。じゃあ、僕《ぼく》がこっちの大きい石をもらうね。だけど――」

と、何かを言いかけた弟が大きい石を手に取った瞬間《しゅんかん》、突然《とつぜん》目の前が明るくなった。

何が起きたのだろう。これまでの静けさが嘘《うそ》のように、やけにまわりが騒《さわ》がしい。

「井上《いのうえ》さん、生まれましたよ！」

大きな声が聞こえた直後、ほっとして全身から力が抜《ぬ》けた。

同時に、息苦しさがピークに達して……オレの目の前は暗くなった。

「――タルッ！　ワタル、早く起きてよ！」

なつかしい夢《ゆめ》を見ていたオレは、聞き覚えのある声に呼《よ》ばれて目を覚ました。

その声は、夢《ゆめ》の中でも聞いた声だ。オレの双子《ふたご》の弟の――カケルの声。

「なんだよ、カケル。うるさいなぁ」

「居眠《いねむ》りしてる場合じゃないよ！　今日は僕《ぼく》たちの誕生日《たんじょうび》なのに！」

ああ、そうだった。今日は六月六日。オレとカケルの十歳《さい》の誕生日《たんじょうび》だ。

キッチンではお母さんがパーティーのための料理をつくっていて、お父さんは部屋の飾《かざ》りつけの真っ最中。オレは、リビングにあるローテーブルで宿題をしている途中《とちゅう》、寝《ね》落《お》ちしてしまったようだった。

「ねぇ、ふたりとも。料理を運ぶの手伝《てつだ》ってくれる？」

「はーい。ほら、ワタルも起きたなら、一緒《いっしょ》にやろう！」

オレはカケルに手を引かれて立ち上がった。

キッチンに行くと、オレたちが大好きなケーキがふたつ並《なら》べて置いてあった。

だけど、なぜかオレがリクエストしたチョコレートケーキは、カケルがリクエストしたイチゴのショートケーキよりも一回り小さい。

「お母さん、これ……」

「うっ。ワタル、ごめんね～。実は注文する時に、サイズをまちがえちゃって」

お母さんには、申《もう》しわけなさそうに謝《あやま》られた。

対するオレは、ふだんなら「お母さんってばドジだなぁ」なんて言って呆《あき》れるところだけど、さっき見た夢《ゆめ》のせいで言葉に詰《つ》まった。

「ワタル、本当にごめんね」

「いいよ。オレは兄《にい》ちゃんだから、小さくても気にしないよ」

自分でも気づかぬうちに、夢《ゆめ》の中で言った言葉を口にしていた。

すると隣《となり》にいたカケルは大きく目を見開き、ハッとした顔でオレを見た。

「ワタル、前にも同じこと言ってなかった？」

「え？」

「ん～……そうだっ！　たしか、真《ま》っ暗《くら》な洞窟《どうくつ》の中で宝探《たからさが》しをしてた時だ！　僕《ぼく》たちは大きさのちがう石を見つけたんだけど、ワタルは僕《ぼく》に大きな石のほうをゆずってくれたんだよね！」

そう言うとカケルは、ニッコリと微笑《ほほえ》んだ。オレは目を丸くして、今度こそ返す言葉に詰《つ》まってしまった。

オレが見た夢《ゆめ》の内容《ないよう》を、どうしてカケルが知っているんだろう。

でも、カケルの話を聞いておどろいたのは、オレだけじゃなかったようで……。

「おどろいたな。その話、カケルはまだ覚えていたのか」

パーティーの飾《かざ》りつけを終えたお父さんが、意外そうにつぶやいた。

「まだ覚えてたのかって、どういうこと？」

オレが尋《たず》ねると、お父さんとお母さんは顔を見合わせた。

「ワタルとカケルが三歳《さい》の時に、ふたりがよくその話をしていたのよ」

お母さん曰《いわ》く、オレたちは、〝真《ま》っ暗《くら》な洞窟《どうくつ》の中で宝探《たからさが》しをしていた話〟を、小さなころによくしていたという。だけど、オレもカケルも大きくなるにつれて、自然とその話をしなくなったということだ。

「不思議《ふしぎ》に思ってお医者さんに聞いてみたら、胎内記憶《たいないきおく》じゃないかって言われてね」

「胎内記憶《たいないきおく》？」

「そう。胎内記憶《たいないきおく》っていうのは、お母さんのおなかの中にいた時の記憶《きおく》のことよ」

ごく稀《まれ》に、覚えている子がいるらしい。一般的《いっぱんてき》には四歳《さい》くらいをピークに記憶《きおく》がうすれていくことが多いそうだ。

「しかし、ふたりそろって十歳《さい》の誕生日《たんじょうび》を迎《むか》えられて、本当によかったよ」

お父さんが感慨《かんがい》深そうに言った。

「生まれた時にワタルは呼吸《こきゅう》が弱くて、一時はどうなるかって心配だったけど。今じゃクラスでいちばん足が速くて、リレーは毎回アンカーだものねぇ」

「そうそう。ワタルは運動だけじゃなくて勉強もできるし、本当にすごいよ！　僕《ぼく》の自慢《じまん》の兄弟だからね！」

お母さんとカケルにほめられて、照れくさくなったオレはそっぽを向いた。

言われてみれば、夢《ゆめ》の中のオレは苦しさを感じていたっけ。だとしたら、さっき見た夢《ゆめ》は本当に、胎内記憶《たいないきおく》だったのかもしれない。

「さぁ、準備《じゅんび》もできたし、誕生日《たんじょうび》パーティーをはじめましょう」

それからオレたちは、みんなでひとつのテーブルを囲《かこ》んだ。

隣《となり》を見るとカケルが笑《わら》っていて、なんだかすごく幸せな気持ちになった。

テーブルの真ん中には、ケーキがふたつ置かれている。小さいほうが兄のオレのケーキで、大きいほうが弟のカケルのケーキだ。

「ねぇ、ワタル」

「どうした？」

「ケーキ、半分こしようよ」

ふたり並《なら》んでケーキを見ていたら、カケルにそっと耳打ちされた。

「だって、そうすれば、ふたりともハッピーになれるじゃん」

そう言ったカケルは、イタズラな笑《え》みを浮《う》かべながらオレを見た。

次の瞬間《しゅんかん》、体に電気のようなものが走って、オレは夢《ゆめ》の最後にカケルに言われたことを思い出した。

『わかった。じゃあ、僕《ぼく》がこっちの大きい石をもらうね。だけど――』

「ははは！」

急に笑《わら》い出《だ》したオレを、お父さんとお母さん、そしてカケルが不思議《ふしぎ》そうに眺《なが》めた。

「ワタル、どうしたの？」

「ごめん、ちょっと、おもしろいことを思い出したんだ。あの時もカケルは、〝半分こにすれば、ふたりともハッピーになれるよ〟って言ったんだよなぁって」

「どういうこと?」

カケルは覚えていないのか、キョトンとしながら首をひねった。

だけどオレは、ハッキリと覚えている。硬《かた》い石を半分になんてできるはずがないのに、カケルは半分にしようって言ってくれたんだ。

『生まれた時にワタルは呼吸《こきゅう》が弱くて、一時はどうなるかって心配だった』

それは、ついさっき、お母さんに言われたこと。

もしかしたらオレは生まれてすぐ、死んでしまう運命だったのかもしれない。

だけどカケルが宝物《たからもの》を半分こしてくれたから、今も一緒《いっしょ》に笑《わら》い合《あ》えている――……なんて、それこそ夢《ゆめ》みたいな話かもしれないけれど、本当にそう思うんだ。

「カケル、ありがとな。カケルはさっき、オレのことをすごいって言ってくれたけど、カケルもすごいよ」

「え~?　なんのことかよくわかんないけど、どういたしまして!」

ふたりで、顔を見合わせて笑《わら》った。

オレたちは、双子《ふたご》の兄弟だ。これからも弟のカケルは、オレにとって夜空にかがやく一等星みたいな、唯一無二《ゆいいつむに》の存在《そんざい》であり続けるだろう。

「よし、一緒《いっしょ》にロウソクを吹《ふ》き消《け》そう！　それで、ケーキを半分こして食べようぜ」

「うんっ、そうしよう～！」

そうして、改めてケーキを見たオレたちは、「あっ！」と大きく目を見開いた。

「『ケーキのプレートの、名前が逆《ぎゃく》だよ！』」

思わず声がそろった。

するとお母さんが「きゃ～！　まちがえちゃった！」と叫《さけ》んで、あわてふためいた。

「『お母さんってばドジだなぁ』」

また、声がそろった。

オレたちはもう一度顔を見合わせると、生まれる前からそっくりな顔で笑《わら》い合《あ》った。

星占《ほしうらな》いと恋《こい》する乙女《おとめ》

「今日のベストラッキーさんは、『かに座《ざ》のあなた』です。すべてがうまくいく、まさにラッキーな一日になりそう。ラッキーアイテムは『好きなキャラクターのハンカチ』です」

出かけようとしていたところで、リビングのテレビから女性《じょせい》アナウンサーの声が聞こえてきた。美織《みおり》はあわてて二階の自分の部屋まで戻《もど》る。制服《せいふく》のポケットに入れていたハンカチを机《つくえ》に放り投げて、引き出しから好きなウサギのキャラクターがデザインされたハンカチをつかむ。これが今日のラッキーアイテムだというのなら、持っていって損《そん》はないはずだ。美織《みおり》は気を取り直して玄関《げんかん》を飛び出した。

美織《みおり》は中学一年生。お母さんの愛読するファッション雑誌《ざっし》の後ろのほうに載《の》っている星占《ほしうらな》いのページの情報《じょうほう》によると、七月生まれだからかに座《ざ》らしい。ほんの数か月前までは、星占《ほしうらな》いなんてまったく興味《きょうみ》もなかったから自分の星座《せいざ》すらわかっていなかったのだ。流行のファッションやアイドルも詳《くわ》しくないし、クラスメイトの女の子たちの会話にもうまくなじめない。

「みーちゃん、おはよう。今日は席替《せきが》えだね。今度こそみーちゃんと近くの席になれるといいんだけど」

「おはよう、紗奈《さな》。そうだね。今は窓側《まどがわ》と廊下側《ろうかがわ》で遠いもんね」

「そうだよ〜。神様！　みーちゃんと近くの席にしてください！」

幼《おさな》なじみの紗奈《さな》とは、家が近くなので学校へ一緒《いっしょ》に通っている。幼稚園《ようちえん》のころからのつき合いで、親友でもある。おたがいマンガとアニメが好きで、趣味《しゅみ》も合う。紗奈《さな》がいるから学校生活も楽しく過《す》ごせているし、席だって近いほうがいい。でも美織《みおり》は、神様には別のお願いをしたい気分だった。紗奈《さな》にもまだ打ち明けていない秘密《ひみつ》。

「いい席になりますように」

美織《みおり》はポケットの中のハンカチをぎゅっと握《にぎ》って、そう口にした。

「隣《となり》は、迫田《さこた》か。よろしくな！」

「あ、うん。よろしくね」

ホームルームの席替《せきが》えで、隣《となり》の席になった男の子から声をかけられ、美織《みおり》は内心おどろきながら返事をする。

『隣《となり》の席って樹《いつき》くん？　本当にラッキーデーだ。ハンカチこれに替《か》えてよかった……』

美織《みおり》はそう思いながらポケットからハンカチを取り出した。今日のかに座《ざ》のラッキーアイテム。朝の占《うらな》い通り、最高にラッキーだ。『紗奈《さな》とはまた近くの席にはなれなかったけど、樹《いつき》くんと隣《となり》の席になれた……！』親友にも打ち明けていないけれど、美織《みおり》は、初めての恋《こい》をしている。相手は今まさに隣《となり》の席に座《すわ》っているクラスメイトの大宮樹《おおみやいつき》。紗《さ》奈《な》には悪いけれど、昨夜《さくや》からずっと彼《かれ》と近くの席になれますようにと願っていた。今まで星占《ほしうらな》いなんて信じていなかったけれど、考えを改めることになりそうだ。占《うらな》いは当たるんだ。美織《みおり》は、朝の占《うらな》いは毎朝チェックしようと心に決めたのだった。

「……残念ながら、本日のアンラッキーさんは『かに座《ざ》のあなた』です。好きな人と距《きょ》離《り》ができてしまいそう。あせらず今日は我慢《がまん》して。ラッキーアイテムは、リップクリームです」

女性《じょせい》アナウンサーの声を聞くことが日課となっていた美織《みおり》は、がっくりと肩《かた》を落とす。今日のかに座《ざ》は最下位のようだ。

「美織《みおり》ってば星占《ほしうらな》いなんて気にするようになったの？　悪いことなんて気にしなければいいのよ。ほら、メガネがずれてる。メガネがないと何も見えないんだから、落とさないでよ。そろそろ出かける時間でしょう？　気をつけていってらっしゃい」

お母さんの励《はげ》ましの声もよく聞こえない。ショックのあまりずり落ちそうになっていた愛用のメガネをかけ直しながら家を出る。

「今日、大宮《おおみや》は風邪《かぜ》で欠席だ。だれか今日の授業《じゅぎょう》のノートを見せてあげるように」

担任《たんにん》の先生の言葉を聞きながら美織《みおり》は『まさにアンラッキーだ！』と実感した。『好きな人と距離《きょり》ができてしまいそう』というアナウンサーの声がよみがえる。せっかく隣《となり》の席になって以前より話ができるようになったのに。ラッキーアイテムも役には立たなそうだ。胸《むね》ポケットに入れてきたリップクリームを見てもため息が漏《も》れる。ついてない一日ならば、早く終わってほしい。黒板の文字を追いながら、『樹《いつき》くんの風邪《かぜ》が早く治りますように』と祈《いの》った。


「今日に限《かぎ》って日直なんてついてないよなぁ」と樹《いつき》がぼやく。

ある日の放課後。美織《みおり》は樹《いつき》と日直の仕事で居残《いのこ》りをしていた。学級日誌《にっし》に記入するだけでは終わらず、担任《たんにん》の先生が掲示物《けいじぶつ》の貼《は》り替《か》えを頼《たの》んできたのだ。今まで貼《は》ってあった「中学生になって挑戦《ちょうせん》したいこと」を外して、美術《びじゅつ》の授業《じゅぎょう》で描《か》いた絵を貼《は》る。クラス全員分の掲示物《けいじぶつ》の貼《は》り替《か》えはたしかに面倒《めんどう》だし、樹《いつき》が「ついてない」というのはわかる。

でも美織《みおり》は内心舞《ま》い上《あ》がっていた。樹《いつき》と過《す》ごす時間は一分でも一秒でも長いほうがいいに決まってる。担任《たんにん》の先生に感謝《かんしゃ》の気持ちすら覚える。

『でも今朝《けさ》の占《うらな》いはかなり下のほうのランキングだったんだけどなぁ。一緒《いっしょ》に居残《いのこ》り作業なんて本当にラッキー！　たしか今朝《けさ》の一位はしし座《ざ》だったような……』

「おーい、迫田《さこた》！　次のやつ取って」

「え？　ああ、ごめんね。はい、これどうぞ」

「迫田《さこた》って、時々《ときどき》ぼーっとしてるよな。前はメガネ落としてたもんな」

占《うらな》いのことを思い出していただけで、ぼーっとしていたわけではないけれど、それよりも樹《いつき》が笑《わら》いながら話している内容《ないよう》のほうが重要だ。

「樹《いつき》くん、覚えてたの？　あの時は本当に助かったよ。ありがとうね」

「いや、全然いいよ。メガネないと何も見えないんだろ？　あの時は大量のノート運んで両手がふさがってるのに、落として災難《さいなん》だったな」

それは美織《みおり》にとって大切な思い出だ。樹《いつき》に恋《こい》をしたきっかけでもある。前回の日直の時に、美織《みおり》はひとりで数学の課題ノートを職員室《しょくいんしつ》まで運んでいた。クラス全員分が積み重なったノートの山は案外高くて、あまり背《せ》が高くない美織《みおり》の顔まで届《とど》く高さだったのだ。そのせいでメガネがずれて、廊下《ろうか》に落ちてしまった。メガネがないと何も見えないド近眼《きんがん》の美織《みおり》が、どうしようかとあせっていたところに、偶然《ぐうぜん》通りかかった樹《いつき》がメガネを拾ってくれたのだった。

「メガネを拾ってくれただけじゃなくて、ノートもほとんど運んでくれたよね。優《やさ》しいなって思ったよ」

それだけじゃなくて好きだなとも思ったけれど、さすがにそれは言えない。

「迫田《さこた》こそ、この前はノートありがとうな。わかりやすくて助かった。字もきれいで見やすいし、テスト前も頼《たよ》っていい？」

「もちろん。わたしのでよければいつでも貸《か》すよ。健康だけが取《と》り柄《え》だから、ぜったい休まない自信あるし！　任《まか》せて！」

「迫田《さこた》って真面目《まじめ》な顔でおもしろいこと言うよな。健康だけが取《と》り柄《え》って……字もきれいだし、絵もうまいじゃん」

ちょうど美織《みおり》の絵を手にしていた樹《いつき》は、それを見てほめてくれた。マンガやアニメ好きということもあって、美織《みおり》は絵を描《か》くのも好きだ。好きなものを好きな人にほめてもらえるなんて、本当にうれしい。うれしすぎて涙《なみだ》が出そうだ。

「ありがとう。マンガとか好きだから絵を描《か》くのもわりと好きなんだよね」

「俺《おれ》も好き。そういえば佐藤《さとう》ともよく楽しそうに話してるもんな」

佐藤《さとう》は紗奈《さな》の苗字《みょうじ》だ。紗奈《さな》との会話を聞かれていたのは少しはずかしい気もするけれど、樹《いつき》もマンガが好きなのはうれしい情報《じょうほう》だ。

「ほんとに？　マンガもアニメも好きだよ～。樹《いつき》くんのオススメは何？」

「俺《おれ》はね……」

思いの他《ほか》、会話が弾《はず》む。ふたりとも同じ作品が好きだったり、美織《みおり》が以前から読みたいと思っていたけれどまだ読めずにいた作品を詳《くわ》しく教えてくれたり、アニメの好きなシーンをおたがいに言い合ったり、紗奈《さな》以外とこんなに会話が弾《はず》んだのは初めてだ。ますます好きになってしまう。いっそ勢《いきお》いで告白《こくはく》してしまおうかと思ったけれど、今日のかに座《ざ》はアンラッキーだ。せっかく仲良くなれそうなのに、気まずくなったら悲しい。舞《ま》い上《あ》がって冷静さを失ってはいけない。美織《みおり》はぐっと衝動《しょうどう》をこらえた。


「みーちゃん、最近よくぼーっとしてるけどなんかあった？」

「え？　そんなことないけど」

「そんなことあるよ。さては、恋《こい》でもしてるな？」

「ち、ちがうよ！　そんなわけないじゃん！」

昼休み。紗奈《さな》とお弁当《べんとう》を食べているところでそんなことを言われて、おにぎりを喉《のど》に詰《つ》まらせてしまいそうになる。あわててお茶を飲んで流しこんだけれど、目の前の紗奈《さな》はニヤニヤと笑《わら》っている。

「そのあわてぶりはマジだな。相手はだれ？　わたしも知ってる人？」

さすが、親友は鋭《するど》い。美織《みおり》は降参《こうさん》して帰り道に打ち明けることにしたのだった。

「アニメの感想を言い合ったり、ほぼ毎日SNS《エスエヌエス》で連絡《れんらく》取ってて、席も隣《となり》でマンガの貸《か》し借《か》りもしてるの？　もうそれうまくいくフラグでしょ？　さっさと告白《こくはく》しなよ」

紗奈《さな》にそう言われて、美織《みおり》も頬《ほお》を染《そ》めながらうなずく。たしかにあの日以来、連絡先《れんらくさき》を交換《こうかん》してアニメの感想を送り合ったり、マンガの貸《か》し借《か》りをしたり、授業《じゅぎょう》のノートを見せたりと樹《いつき》との距離《きょり》は近づいていた。そろそろ告白《こくはく》したいなとも思っている。でも、今かな？　というタイミングで『今朝《けさ》の占《うらな》いでは十一位だったしな……』と思い出してしまったり、かに座《ざ》が上位の日に限《かぎ》って、なかなか樹《いつき》と話すタイミングがなかったりするのだ。

「大丈夫《だいじょうぶ》だって。応援《おうえん》してるね！」

親友の応援《おうえん》は、いちばんのあと押《お》しだ。次こそは、と美織《みおり》は決意を固《かた》めたのだった。

「ごめんなさい。今日のアンラッキーさんは、『かに座《ざ》のあなた』です。何をするにもうまくいかず気分が滅入《めい》ってしまいそう。でも、大丈夫《だいじょうぶ》！　好きな音楽を聞いて気分を変えてみて。ラッキーアイテムは、マグカップです」

マグカップなんて持ち歩けないよ、と思いながら美織《みおり》は家を出る。せっかく今日こそ告白《こくはく》しようと決めていたのにアンラッキーデー。決戦の日は今日ではないみたいだ。明日こそはと思いながら、落ちこむ気持ちを振《ふ》りきるように、走って紗奈《さな》との待ち合わせ場所へ向かった。


「俺《おれ》とつき合ってくれない？」

その日の放課後。帰り支度《じたく》をしていたところで樹《いつき》に声をかけられた。言われるがままに彼《かれ》についていき、人気《ひとけ》のない図書室の前で、唐突《とうとつ》にそう言われたのだった。てっきりマンガの続きでも貸《か》してくれるのかと思っていたから、おどろいて瞬《まばた》きするのすら忘《わす》れていた。『今、樹《いつき》くんはなんて言った？　俺《おれ》とつき合って？　樹《いつき》くんがわたしにそう言ったの？』

「なんか言ってよ」

何も言えずにいる美織《みおり》に、樹《いつき》は照れたように笑《わら》う。

「……わ、わたしも実は樹《いつき》くんにそう言おうと思ってたの。でも、今日はかに座《ざ》が最下位で……」

「最下位？　どういうこと？」

占《うらな》いが気になってなかなか告白《こくはく》できなかった美織《みおり》の話を、樹《いつき》は笑《わら》いながら聞いていた。「星占《ほしうらな》いなんて気にするタイプだったんだ」とも言った。

「かに座《ざ》ってことは七月生まれか」

「よくわかるね。そうだよ。七月二十三日」

「あれ？　ちょっと待って。二十三日ならかに座《ざ》じゃなくてしし座《ざ》じゃないか？」

樹《いつき》は図書室に入って、星占《ほしうらな》いの本を探《さが》してくれた。ほら、と言われてそのページを見ると「かに座《ざ》／六月二十二日～七月二十二日　しし座《ざ》／七月二十三日～八月二十二日」と書いてある。樹《いつき》の妹がたまたま美織《みおり》と同じ誕生日《たんじょうび》で、妹がしし座《ざ》だと言っていたのを覚えていたらしい。

「ウソ！　わたしずっとかに座《ざ》だと思ってた！」

かに座《ざ》の占《うらな》いを信じてたのに……まさか自分の星座《せいざ》を勘違《かんちが》いしていたなんて！

「メガネちゃんとかけて見てた？　見まちがえたんじゃない？」

「そうかも……はずかしい……」

情《なさ》けないし、はずかしいし、うれしいし、いろんな感情《かんじょう》がぐちゃぐちゃになって美織《みおり》は涙《なみだ》をこぼしながら笑《わら》ってしまう。

「そういうところもおもしろくて好きだけどね。ちなみに俺《おれ》はみずがめ座《ざ》だって。これ見て。しし座《ざ》とみずがめ座《ざ》は相性抜群《あいしょうばつぐん》らしいよ」

樹《いつき》が見せてくれたページには、たしかにそう書いてある。ふたりが仲良くなれたことと星座《せいざ》は関係なかったみたいだけれど、よいことは信じてみよう。

「おっちょこちょいなわたしですが、どうぞよろしくお願いします！」

美織《みおり》がそう言って一礼すると、樹《いつき》もとびきりの笑顔《えがお》を見せてくれたのだった。

月面ジャンプ

「ねえ、にいに、見て、見て」と言いながら、妹はぴょーんと跳《と》びはねた。

「ああ、すごい、すごい。ずいぶん上手《じょうず》になったなあ」とぼくは縁側《えんがわ》から庭に出て、かなり年の離《はな》れている幼《おさな》い妹の頭をなでた。

その時、隣《となり》の家に住むおじいさんが垣根《かきね》ごしにひょいと顔をのぞかせて「いやあ、えらいもんだ。もうちょっとで屋根にだって届《とど》きそうじゃないか」と声をかけてきた。どうやら庭の草むしりをしながら、こちらの様子を見ていたらしい。

内弁慶《うちべんけい》の妹ははずかしそうに身をよじらせて「ウフフ」と笑《わら》いながらぼくの後ろに隠《かく》れてしまった。ぼくは苦笑《くしょう》しながら、おじいさんに会釈《えしゃく》をした。

おじいさんは朗《ほが》らかに言った。

「わしも年寄《としよ》りなりにがんばってはいるんだがね。あと一センチ、どうしても目標まで届《とど》かないんだよ」

「よかったら、足りない分の一センチは、ぼくが余分《よぶん》に跳《と》んでおきますよ」とぼくは力強く請《う》け合《あ》った。

「そりゃあ、ありがたい。それじゃあ、わしはせめて本番まで、転んでケガなどしないように気をつけることにしよう」

おじいさんはぼくに片目《かため》をつぶってみせると、妹にはバイバイと手を振《ふ》った。

顔が引っこんでしまったあとも、垣根《かきね》の向こう側からはおじいさんの「核廃絶《かくはいぜつ》なんかしなければ、地球なんかかんたんに二、三回は壊《こわ》せていたのになあ……」となげく低いつぶやき声が聞こえてきた。

そんなふうに言うお年寄《としよ》りは多いけど、仮《かり》に今、地球上にたっぷり核《かく》が残っていたとしても、それをぼくたちが、地球を壊《こわ》すためなんかに使えたとは思えない……。

ぼくはブンブンと首を左右に振《ふ》って気を取り直してから、妹に言った。

「よし、じゃあ今度は本番と同じように、音に合わせてふたりで一緒《いっしょ》に跳《と》んでみようか」

「うん！」

携帯《けいたい》電話の「月面ジャンプアプリ」を開き、もう何度、耳にしたかわからない時報《じほう》そっくりの音を流す。

ピッ、ピッ、ピッ、ピーン。

ぼくと妹は、最後のピーンに合わせてジャンプした。

妹はリズム感がいい。まだ小さいからそれほど高くは跳《と》べないけれど、タイミングはバッチリだ。

「すごい、すごい、本当にうまいな。いっそのことおまえの名前を『ウサギさん』に変えてしまおうか？」

妹は得意《とくい》そうに「ンフ」と鼻を鳴らすと、両手を頭の上でウサギの耳にして「ぴょんぴょん」と口で言いながら跳《と》びはねてみせた。

ぼくたちは今夜、オリンピックに出場するので、これは最後の練習だ。

妹はぼくの手をつかんでブラブラと揺《ゆ》らしながら言った。

「にいに、オリンピック楽しみだねえ。今夜、みんなで一緒《いっしょ》に跳《と》ぶんだよねえ」

「もちろん」とぼくは重々《おもおも》しく言った。「オリンピックってのは参加することに意義《いぎ》があるんだから、ひとり残らず全員が参加しなくっちゃ意味がないだろう?」

妹はうれしそうに「ウフフ」と笑《わら》った。

ぼくはその無邪気《むじゃき》な顔を見て、かつて人類が地球上の核《かく》を廃絶《はいぜつ》したことは、やっぱり正しかったのだと思った。すでに荒廃《こうはい》しきっている地球であっても、さらにみにくく核《かく》で破壊《はかい》しつくされた凄惨《せいさん》な姿《すがた》など、幼《おさな》い妹には見せたくなかった。

なんといっても、地球はぼくたちの故郷《こきょう》なのだ。


今夜、開催《かいさい》されるオリンピックを最後に、もうぼくたちが地球を目にすることはない。

つまりそれはもう、この過酷《かこく》な環境《かんきょう》のもとに生まれ変わることはないってことだ。

ぼくは来世で暮《く》らすことになる星について想像《そうぞう》してみた。

できればまだ文明がそれほど発達していない若《わか》い星がいい。多少の生活の不自由さを我慢《がまん》してでも、急激《きゅうげき》に文明が発展《はってん》していくスリルとワクワク感を、ぼくはもう一度味わってみたかった。

できれば妹も一緒《いっしょ》の星に生まれ変われるといいのだが。

そしたら今度は月面ジャンプばっかりじゃなくて、水泳だとかバドミントンなんかもちゃんと教えてあげたい。

なにせ今年のオリンピックの正式種目が、月面ジャンプのみと発表されてからというもの、この星からはそれ以外のスポーツが姿《すがた》を消してしまっているのだ。スポーツといえば月面ジャンプしか知らない妹がぼくは不憫《ふびん》だった。

四年前にあった前回のオリンピックの時には、妹はまだ生まれたばかりだったから、本来のオリンピックとは競技《きょうぎ》種目が百以上もあって、選ばれた人たちだけが参加できるものであることを知らないのだ。

ピッ、ピッ、ピッ、ピーン。

どこからともなく風に乗って音が聞こえてくる。

みんなが今夜のオリンピックに備《そな》えて練習中なのだ。

ピッ、ピッ、ピッ、ピーン。また別の方角からも聞こえてきた。

どこもかしこも、できるだけ高く跳《と》ぶための合図だらけだ。

「ねえ、にいに、もし地球上の人がいっぺんにジャンプしたら地球が壊《こわ》れるって本当?」

と妹がぼくをじっと見て言った。ぼくは笑《わら》った。

「まさか、そんなのはただのガセネタだよ。物理的にあり得《え》ない。地球の内側には硬《かた》い岩石でできた分厚《ぶあつ》い地殻《ちかく》っていうのがあるんだ。世界中の人がいっせいにジャンプしたぐらいじゃ、びくともしないんだよ」

「ふうーん、そっか」となぜか妹は不服そうな顔をした。

それにもう地球上には、そう多くは人が生き残っていないんだよ、と、ぼくは心の中だけでつけ加えた。

とうとうテレビから、あと一時間でロッシュ限界《げんかい》に達するというアナウンスが流れた。

それはつまりオリンピックの開会宣言《せんげん》だ。

ぼくたちはすでに準備万端《じゅんびばんたん》だったこともあり、競技《きょうぎ》がはじまるその時刻《じこく》まで手持ち無沙汰《ぶさた》だった。


蒸《む》し暑《あつ》い部屋の中でじっとしているのが耐《た》え難《がた》くて、ぼくは妹と一緒《いっしょ》に、少しは涼《すず》しく感じられる縁側《えんがわ》に出て待つことにした。

漆黒《しっこく》の夜空には、大きく丸い金色の天体がぽっかりと浮《う》かんでいる。

「うわあ、きれいだねえ。金メダルみたいだねえ」

妹は歓声《かんせい》をあげた。

「本当だ。たしかに金メダルだ。今夜、みんなでもらう金メダルだね」

ぼくは妹にはわからないように、そっとため息をついた。

この月から見える地球があんなにも金色にかがやいているのは、もうすでに地球から、海もオゾン層《そう》もきれいさっぱりなくなってしまっているからなのだ。

のっぺりとした金色の姿《すがた》で夜空の大半を覆《おお》っている地球が、かつては青くしたたる水の精霊《せいれい》のようだったなんて、きっと妹にはおとぎ話よりも信じられないだろう。

地球人類も、まさかぼくたちがここまで生《い》き延《の》びるとは、少しも思っていなかったにちがいない。

太古の昔、他《ほか》でもない地球人類によって、ぼくたちは月に運ばれてきたのだ。

西暦《せいれき》二〇一九年四月、もうすぐ月に着陸という高度七キロ地点で、エンジン異常《いじょう》によって墜落《ついらく》したイスラエルの無人月探査機《むじんつきたんさき》「ベレシート」が積んでいたクマムシ数千匹《びき》、それがぼくたちの祖先《そせん》だ。

墜落《ついらく》のショックで、冬眠状態《とうみんじょうたい》だったクマムシたちはすべて砕《くだ》け散《ち》ってしまったと、その当時の地球の科学者たちは考えたそうだが、それはまちがいだった。

ぼくたちはそれから何億年もの間、営々《えいえい》と生《い》き延《の》びて、こうして知的生命体へと進化を遂《と》げたのだ。

そう、ちょうどアメーバが猿《さる》へと進化して、最後に人間となったように。

「さあ、そろそろだ」と、ぼくはことさら明るい口調で妹に声をかけた。

金色の地球がどんどん月の軌道《きどう》に近づいてきている。

地球があまりに近づきすぎると、月の重力は月自身を支《ささ》えられなくなってしまう。その距離《きょり》が九五〇〇キロメートルと計算されているロッシュ限界《げんかい》を超《こ》えた時、月は地球に近いほうの表面と、遠いほうの裏面《うらめん》がそれぞれ動こうとする、その速度の差によって、引《ひ》き裂《さ》かれてしまうのだ。

隣《となり》の家のおじいさんも、ちゃんと準備《じゅんび》ができているだろうか。この期《ご》に及《およ》んでもまだ、かつて地球にたっぷりあった核《かく》で、地球を壊《こわ》せてしまえればよかったのになんて考えているのだろうか。

妹は少し緊張《きんちょう》気味に、「フウ」と息を吐《は》きながら立ち上がった。

ぼくはしっかりと妹の小さな手を握《にぎ》りしめる。

「にいに」と妹はギュッとぼくの腕《うで》にしがみついた。

「がんばろうな」と、ぼくは笑顔《えがお》を向けた。

夜空いっぱいに広がる金メダルをつかみ取るように、ふたりで握《にぎ》り合《あ》っている手をそのまま宙《ちゅう》に突《つ》き出《だ》す。

大丈夫《だいじょうぶ》、うまくいくよ。

なんたって、ぼくたちは食べ物や水がなくても三十年ぐらいは平気で生きることができるクマムシなのだから。氷点下二七二度にも、一五〇度の灼熱《しゃくねつ》にも、真空にも、七万五千気圧《きあつ》にも、なんなら強烈《きょうれつ》な放射線《ほうしゃせん》にだって耐《た》えられるのだ。

ぼくたちは知的生命体へと進化する過程《かてい》で、たぐいまれなるクマムシの資質《ししつ》を何ひとつ失わなかった。地球人類が猿《さる》から人になる時に、大事な尻尾《しっぽ》をなくしてしまったのとは大ちがいだ。

人間は直立二足歩行をするようになったことで脳《のう》を高度に発達させたらしいが、ぼくたちクマムシは地球に比《くら》べて重力が六分の一しかない月面をジャンプして動きまわることで脳《のう》が進化し、高度な文明を築《きず》き上《あ》げた。

人を人たらしめているのが二足歩行だとしたら、ぼくたちクマムシにとってそれは月面ジャンプなのだ。だからこそ月が壊《こわ》れる瞬間《しゅんかん》に、運命をただ受け入れるのではなく、自ら宇宙《うちゅう》に跳《と》び出《だ》していく姿勢《しせい》を示《しめ》そうと、最後の記念行事として、全員参加のオリンピックでの月面ジャンプが決定されたのだ。

もうすぐ粉々《こなごな》になって重力を失ってしまう月には、もう何も地上に引《ひ》き留《と》めておくことはできないから、その瞬間《しゅんかん》にジャンプしたぼくたちがどこへ飛ばされていくのかは、神のみぞ知るだ。

きっと暗黒の闇《やみ》の中に月の欠片《かけら》とともに投げ出されたあと、すべての代謝《たいしゃ》を止めて仮《か》死状態《しじょうたい》となり、長い長い年月、宇宙《うちゅう》空間を漂流《ひょうりゅう》して過《す》ごさなければならないだろう。

そしていつかたどり着いたどこかの星で、クマムシ由来の不死身の体はまた生き返るのだ。

その星で、大人《おとな》になった妹は卵《たまご》を産むかもしれない。

妹は自分の子どもたちに、懐《なつ》かしい月の庭でぼくとジャンプの練習をしたことや、最後の日に全員参加のオリンピックに出たことなんかを話して聞かせるだろうか……。

もう金色の夜空のどこにも、黒い余白《よはく》は見当たらなかった。――いよいよだ。
さあ、跳《と》ぶぞー！
ピッ、ピッ、ピッ、ピーン。

星空ロマンス

セミの声が騒《さわ》がしい八月の初旬《しょじゅん》。マユミは、スマホに届《とど》いたメールを読みながらため息をついた。

「ハァ。また、お祈《いの》りメールかぁ」

お祈《いの》りメールとは、企業《きぎょう》から送られてくる不採用《ふさいよう》通知のことだ。メールの最後に【益々《ますます》のご活躍《かつやく》をお祈《いの》り申《もう》しあげます】といったお決まりの文言が添《そ》えられていることから、そう呼《よ》ばれるようになったらしい。

「ああ、もう。どこの企業《きぎょう》にも受かる気がしないんだけど」

うつむいたままスマホを閉《と》じた。現在《げんざい》大学四年生のマユミは、絶賛就職《ぜっさんしゅうしょく》活動中だ。

しかし思うようにはいかず、十五社連続不採用《ふさいよう》という連敗記録を更新《こうしん》していた。

「はぁ〜〜〜」

さすがにメンタルがやられて、ため息が止まらない。そのましばらくリビングのソファーに座《すわ》ってうなだれていると、洗濯物《せんたくもの》を取りこみ終えた母に肩《かた》を叩《たた》かれた。

「マユミ。ボーッとしてるなら、お義母《かあ》さんのお世話を手伝《てつだ》ってちょうだい」

母の言う〝お義母《かあ》さん〟とは、マユミの父方の祖母《そぼ》のことだ。

祖母《そぼ》とは生まれた時から同居《どうきょ》していたが、数年前から認知症《にんちしょう》をわずらっており、今では家族のこともわからないような状態《じょうたい》だった。

「ほら、早く。お義母《かあ》さんの様子を見てきてよ」

ふだん、マユミは実家を離《はな》れてひとり暮《ぐ》らしをしている。しかし今は、大学が夏休みで実家に帰ってきていた。

本来であればこの夏は就活《しゅうかつ》に集中したいところだったが、連戦連敗が続いたことで、すっかり心が折れてしまったのだ。

「はいはい、わかったよ。行けばいいんでしょ」

しぶしぶ立ち上がったマユミは、母の言いつけ通りに祖母《そぼ》の部屋に向かった。気が重い。その原因《げんいん》は就活《しゅうかつ》ではなく、マユミが今の祖母《そぼ》を、受け入れられずにいるせいだった。

ひとりっ子だったマユミは、祖母《そぼ》にはずいぶんとかわいがられて育った。仕事で不在《ふざい》の両親に代わって、祖母《そぼ》がマユミの面倒《めんどう》を見てくれたのだ。

マユミは、優《やさ》しい祖母《そぼ》のことが大好きだった。

ところが祖母《そぼ》はマユミが大学に入学してすぐ認知症《にんちしょう》と診断《しんだん》され、離《はな》れて暮《く》らしているうちに、孫であるマユミのことを忘《わす》れてしまった。

大好きだったぶん、ショックが大きかった。以来、マユミは祖母《そぼ》と向き合うのが怖《こわ》くなり、必要最低限《さいていげん》しかかかわらなくなっていた。

「……おばあちゃん、調子はどう?」

久々《ひさびさ》に祖母《そぼ》の部屋を訪《たず》ねたマユミは、おそるおそる声をかけた。

すると、ベッドに座《すわ》っていた祖母《そぼ》はマユミの顔を見るなり「ああ!」と、うれしそうに声をあげた。

もしかして、私《わたし》のことを思い出してくれたのかもしれない——と、マユミは一瞬《いっしゅん》だけ期待したが、

「お隣《となり》の洋子《ようこ》ちゃんよね？　遊びにきてくれてうれしいわぁ」

すぐに現実《げんじつ》を突《つ》きつけられて、心の底から落胆《らくたん》した。

〝お隣《となり》の洋子《ようこ》ちゃん〟は、祖母《そぼ》と同級生で友人だった人だ。生きていれば今年八十二歳《さい》になるけれど、一昨年《おととし》、持病が悪化して亡《な》くなったらしい。

「ちょうどね、洋子《ようこ》ちゃんに会いたいと思っていたのよ」

祖母《そぼ》は仲良しだった洋子《ようこ》が亡《な》くなったことも忘《わす》れ、マユミを洋子《ようこ》だと思いこんでいるようだ。さびしいし悲しいけれど、認知症《にんちしょう》なのだからしかたがない。祖母《そぼ》を傷《きず》つけたくないという想《おも》いから、マユミは洋子《ようこ》のフリをすることにした。

たしか洋子《ようこ》は、祖母《そぼ》のことを〝和代《かずよ》ちゃん〟と呼《よ》んでいた。

「わ、私《わたし》も、和代《かずよ》ちゃんに会いたいと思ってたのよぉ～」

そのままマユミは洋子《ようこ》として、祖母《そぼ》とたわいない話をした。

祖母《そぼ》と長く話をするのは久《ひさ》しぶりで、少しだけなつかしい気持ちになった。

「ああ、そうだ。これは洋子《ようこ》ちゃんだけに話す、秘密《ひみつ》の話なんだけどね」

しばらくすると祖母《そぼ》が、頬《ほお》を赤く染《そ》めながら声を潜《ひそ》めた。

「実は昨日《きのう》の夜、家をこっそりと抜《ぬ》け出《だ》して、多喜二《たきじ》さんと夜空を見にいったのよ」

多喜二《たきじ》というのは祖母《そぼ》の夫で、マユミの祖父《そふ》の名前だ。祖父《そふ》はマユミが小学校に上がる前に亡《な》くなってしまったので、どんな人だったかよく覚えていない。

「多喜二《たきじ》さんとのロマンスを話せる相手は、洋子《ようこ》ちゃんだけなのよ」

ロマンスとは、今でいう恋《こい》バナのようなものだろうか。

マユミは反応《はんのう》に困《こま》ったが、完全に恋《こい》バナモードになった祖母《そぼ》は、祖父《そふ》とつき合っていたころのことを楽しそうに語りはじめた。

「多喜二《たきじ》さんと、近くの空き地に行って空を見上げたの。多喜二《たきじ》さんは星を指さして、あれは何座《ざ》というんだよとか、あれはとても有名な星だよって、私《わたし》にいろいろ教えてくれたのよ」

「そ、そうなんだぁ〜」

「多喜二《たきじ》さんは博識《はくしき》なうえに、とてもロマンチストな人でね。本当に、私《わたし》にはもったいないくらいすてきな人だわ」

ノロける祖母《そぼ》は、恋《こい》する乙女《おとめ》の顔をしていた。これまで祖母《そぼ》から祖父《そふ》の話を聞いたことがなかったマユミは、なんだか新鮮《しんせん》で、微笑《ほほえ》ましい気持ちになった。

「多喜二《たきじ》さんって、本当にすてきな人なんだね」

「ええ！　でも……。私《わたし》はバカだから、せっかく教えてもらったお星さまの名前を忘《わす》れてしまったのよ。これじゃあ、次に多喜二《たきじ》さんと会った時に、多喜二《たきじ》さんをガッカリさせちゃうかもしれないわ」

そう言うと、祖母《そぼ》は悲しそうに肩《かた》を落とした。その様子を見たマユミは、どうにかして祖母《そぼ》を元気づけたいと思った。

でも、どうすればいいのだろう。考えた末、マユミは祖父《そふ》がしたことを、もう一度祖《そ》母《ぼ》にしてみようと思《おも》い至《いた》った。

「和代《かずよ》ちゃん、ごめんね！　また今度、ロマンスの話の続きをしよう！」

思いついたら即《そく》行動。祖《そ》母《ぼ》の部屋を出たマユミは、自室に戻《もど》ると昔使っていた星座《せいざ》早見表を押《お》し入《い》れから引《ひ》っ張《ぱ》り出《だ》した。

だけど、使い方がよくわからない。他《ほか》に星のことを調べるいい方法はないかと考えた末に、マユミはスマホを夜空にかざすだけで、星座《せいざ》や星の名前がわかるというアプリを発見した。

「わっ、すごい！」

さっそくアプリをインストールして、その晩《ばん》、スマホを夜空にかざしてみた。

すると本当に、星座《せいざ》や星の名前がスマホの画面に表示《ひょうじ》された。肉眼《にくがん》では見えない星もあるけれど、スマホが方位や時刻《じこく》を勝手に計算して、そこにある星を教えてくれる。

これなら、おばあちゃんに星の話ができる！　そう考えたマユミは、翌日《よくじつ》から十九時になると祖《そ》母《ぼ》を誘《さそ》って、ふたりで夜の散歩に出かけるようになった。

近くの公園までゆっくり歩いて、ベンチに座《すわ》って空を見上げる。

そしてスマホを夜空にかざしながら、祖父《そふ》がしていたように星の話をした。

「あのいちばん明るい星が、こと座《ざ》の一等星のベガだよ。七夕の、織姫《おりひめ》の星なんだよ」

一週間、二週間——そして三週間と続けていくうちに、マユミも空を見上げる時間が楽しくなっていった。

祖母《そぼ》が体調不良で出かけられない日も、自室の窓《まど》を開けてスマホを夜空にかざした。

そうして、ある日のこと。

「あ……。恭子《きょうこ》、内定もらえたんだ」

マユミはSNS《エスエヌエス》で、エントリーしていた会社から内定をもらったという友人の投稿《とうこう》を見つけた。

以前のマユミなら、あせりと劣等感《れっとうかん》から、見て見ぬふりをしていただろう。けれど今は不思議《ふしぎ》と落ち着いていられて、【おめでとう。お疲《つか》れさま!】なんて返信を書きこむことができた。

その日もマユミはいつも通りに、祖母《そぼ》と夜の散歩に出かけた。そして、お決まりのベンチに座《すわ》ると、昼間に感じた心境《しんきょう》の変化を、素直《すなお》に祖母《そぼ》に打ち明けた。

「私《わたし》ね、これまでずっと心に余裕《よゆう》がなかったの。だけど今は少しだけ、まわりや自分のことを冷静に見られるようになった気がしてる。……って言っても、まだまだがんばらなきゃいけないってことは、嫌《いや》というほどわかってるんだけどね」

あいまいな笑《え》みを浮《う》かべたマユミは、はずかしそうに頬《ほお》をかいた。

すると、一通りの話を聞き終えた祖母《そぼ》が、

「洋子《ようこ》ちゃんは昔からがんばりすぎるところがあるから、ずっと心配だったのよ」

そう言って、マユミの手に自身の手をそっと重ねた。

「おば……和代《かずよ》、ちゃん？」

「大丈夫《だいじょうぶ》。まわりの人は関係ないわ。あなたは、あなたの速度で歩いていけばいい。もしもまた、つらくなった時には一緒《いっしょ》に空を見上げましょう。ほら、星を探《さが》す時って、必ず上を向くものね。だから自然と、気持ちも上向きになるのかもしれないわ」

祖母《そぼ》の言葉に、マユミはハッとさせられた。

少し前までのマユミは、下ばかり向いていたのだ。スマホを見る時は、たいてい下を向くものだ。その、スマホに届《とど》くお祈《いの》りメール。読むたびに気持ちが沈《しず》んで、気がつくと、下を向くのが習慣《しゅうかん》になっていた。

だけど、今はどうだ。星を見るアプリを入れてからは、スマホと一緒《いっしょ》に上を向く時間が増《ふ》えた。

「気づかせてくれて、ありがとう……」

マユミは目に涙《なみだ》をためながら、祖母《そぼ》の手を握《にぎ》り返《かえ》した。

「何を言ってるの。感謝《かんしゃ》しているのは私《わたし》のほうだわ。一緒《いっしょ》にお散歩できて楽しかった。本当にありがとう」

祖母《そぼ》の目は優《やさ》しくて、まるでマユミのことを思い出したようだった。

翌朝《よくあさ》、祖母《そぼ》は目覚めなかった。寝《ね》ている間に心臓《しんぞう》が止まってしまったのだと、祖母《そぼ》の主治医に説明された。

亡《な》くなった祖母《そぼ》の顔は穏《おだ》やかで、なんだかそれは幸せな最期《さいご》のように思えた。

「お父さん、お母さん。いろいろ心配かけてごめんね。私《わたし》、おばあちゃんのことが落ち着いたら、改めて将来《しょうらい》のことをよく考えてみるよ」

祖母《そぼ》の通夜《つや》と葬儀《そうぎ》の手配を終えた帰り道。車の中で、マユミは両親と話をした。

「私《わたし》は、だれかを笑顔《えがお》にする仕事がしたいな」

そう言うマユミの目は、夜空に光る星のようにかがやいていた。

「まぁ、がんばってみなさい。父さんも母さんも、マユミのことを応援《おうえん》してるから」

両親は背中《せなか》を押《お》してくれた。マユミが前向きになれたのは、まちがいなく、祖母《そぼ》と祖《そ》父《ふ》のロマンスのおかげだ。

「おばあちゃんが亡《な》くなって悲しいけど、おばあちゃんは今ごろ、天国でおじいちゃんに会えて喜《よろこ》んでるだろうね」

ふたりの姿《すがた》を想像《そうぞう》したマユミは微笑《ほほえ》んだ。すると、運転席に座《すわ》っている父と、助手席に座《すわ》っている母が、顔を見合わせて苦笑《にがわら》いをこぼした。

「うーん、それはどうだろうなぁ」

「マユミはお義父《とう》さんが亡《な》くなった時、まだ小さかったから、ふたりのことをよく知らないのよね」

「どういうこと?」

不思議《ふしぎ》に思ったマユミが首をかしげると、両親は気まずそうに言葉を続けた。

「母さんと父さんは、ケンカばかりしていたんだよ」

「でも、ケンカするほど仲がいいっていうし、今ごろは天国で文句《もんく》を言い合いながら、仲良くやってるかもしれないわね」

両親はそう言って笑《わら》った。どうやら就活《しゅうかつ》もロマンスも、一筋縄《ひとすじなわ》ではいかないらしい。

文句《もんく》を言い合いながら星空を眺《なが》めているふたりの姿《すがた》を思《おも》い浮《う》かべたマユミも、思わず一緒《いっしょ》に笑《わら》ってしまった。

魔《ま》法《ほう》使《つか》いの初《はつ》恋《こい》

　ぼくの名前はハダル。師匠《ししょう》がつけてくれたお気に入りの名前だ。師匠《ししょう》のレサトは大魔《だいま》法使《ほうつか》いで、かつては王様に仕えていたらしい。今はこの森でひっそりと暮《く》らしていて、ぼくに魔《ま》法《ほう》を教えてくれている。ぼくはまだ見習いの魔《ま》法《ほう》使《つか》いだけれど、いつか師匠《ししょう》みたいな立派《りっぱ》な魔《ま》法《ほう》使《つか》いになりたいと思っている。

「ハダル、神話の勉強は終わったのかい？」

「はい、古代の神々《かみがみ》のお話はすべて読み終わりました。神様たちはよく動物に変身しますよね。恋《こい》をしたり嫉妬《しっと》したり、人間と似《に》ているところもあってとてもおもしろかったです」

「もうぜんぶ読んだのか。勉強熱心なのはよいが、あまり夜更《よふ》かしをしてはいけないよ」

「おもしろくて、つい夢中《むちゅう》になってしまったのです。今後は気をつけます。それに日が暮《く》れてからは星の勉強もありますし」

この森では、魔法使《まほうつか》いとして学ぶことがたくさんある。夜空にかがやく星を読むことも魔法使《まほうつか》いには必要なことだし、草花について勉強したり、動物たちと話をする訓練も必要だ。師匠《ししょう》のこともこの森のことも、修行《しゅぎょう》のための勉強も、ぼくは大好きなのだ。

「熱心でよろしい。でも夜はきちんと寝《ね》なくてはいけないよ。明日は薬草の勉強でもしてきなさい。この本を持って、必要なものを採集《さいしゅう》してくるといい。ただし、むやみやたらに採《と》ってしまわないように。勉強のために少しだけだ」

「わかりました！」

翌日《よくじつ》、ぼくは師匠《ししょう》が貸《か》してくれた本を抱《かか》えて、森の中を散策《さんさく》していた。

「ハダル、おはよう。今日はいい天気ね」

鳥の親子が木の上から話しかけてくれる。以前、この親子の傷《きず》ついた羽を師匠《ししょう》が魔法《まほう》で治してあげたのだ。きれいな虹色《にじいろ》の羽が朝日を浴びてきらきらと光っている。

「おはよう。あまり遠くまで飛んでいったら危《あぶ》ないよ。そのきれいな羽にまた傷《きず》がついたらいけないからね」

鳥の親子に手を振《ふ》り、薬草を探《さが》そうと視線《しせん》を足元へ戻《もど》す。

「これは……頭痛《ずつう》に効《き》くのか。こっちは、痛《いた》みをやわらげるのに効果《こうか》があるみたいだ。このページに載《の》っているよく眠《ねむ》れるようになる花はどこに咲《さ》いてるんだろう？」

部屋に戻《もど》って詳《くわ》しく調べるために、少しずつ採集《さいしゅう》していく。

「ハダル、その花なら東のほうにたくさん咲《さ》いてるよ」

通りすがりのウサギがそう教えてくれる。師匠《ししょう》が言っていたとおり、日ごろから動物たちと話をするようにしていると、自分が困《こま》った時に助けてくれるみたいだ。

「うわぁ。いい香《かお》りがするなぁ。花畑が近いのかも」

教えてもらったとおりの方角に歩いていくと、花のいい香《かお》りがしてきた。たしかにこの香《かお》りを嗅《か》いでいたら、ゆっくりと眠《ねむ》れそうだ。

「花びらを乾燥《かんそう》させて、お茶にするのか……」

本を読みながら歩いていると、だれかの笑《わら》い声《ごえ》が聞こえてきた。

「え？」

師匠《ししょう》から借りた大事な本を落としてしまう。それほどにぼくはおどろいてしまった。

視線《しせん》の先には、きれいな花畑が広がっている。だけど、そのきれいな花々《はなばな》が霞《かす》んでしまうほど美しい少女がそこにいたのだ。

『なんてきれいなんだろう。神話に出てくる女神《めがみ》様みたいだ……』

はちみつ色の長い髪《かみ》に、雪のように白い肌《はだ》。少女は動物たちに囲《かこ》まれてとても楽しそうに笑《わら》っている。

『動物たちと話しているみたいだから、魔法《まほう》が使えるのかな。ぼくと同じ見習い魔法使《まほうつか》いだろうか。話しかけてみたいけれど、何を話したらいいんだろう』

これが一目惚《ひとめぼ》れというものなのだろうか。神話を読んでいる時は、そんなことが本当にあるのか疑問《ぎもん》だったけれど、今なら信じられそうだ。あの子と仲良くなりたい。ぼくは、一度家に引き返すことにした。

「おや、ハダル。早かったね」

「師匠《ししょう》、ちょっと部屋で勉強してきます！」

いつもならその日あったことを師匠《ししょう》に話すのだけれど、今日ばかりはそれどころではなかった。ぼくは、恋《こい》をしてしまったのだ。恋《こい》といえば神話だ。この前たくさん勉強したからわかる。きっとあの中にこの恋《こい》を成就《じょうじゅ》させるヒントがあるにちがいない。

「えっと……たしか、ゼウスが王女に一目惚《ひとめぼ》れした話があったはず……これだ！」

神話の本のページを次々《つぎつぎ》とめくり、探《さが》していたエピソードを見つけた。

『ある日、ゼウスは宮殿《きゅうでん》から地上を見渡《みわた》していました。そこでフェニキア王国の王女エウロパが野原で花をつんでいるところを見つけ、ひときわ美しい彼女《かのじょ》に一目惚《ひとめぼ》れしました。ゼウスは全身が雪のように真っ白な雄牛《おうし》に姿《すがた》を変えて、エウロパに近づきます。柔和《にゅうわ》で優《やさ》しい瞳《ひとみ》をしている雄牛《おうし》に思わず目を奪《うば》われたエウロパは、すっかり気を許《ゆる》してその背中《せなか》に乗ってしまいます。すると雄牛《おうし》に化けたゼウスはエウロパをクレタ島まで連れていってしまいました。そこでエウロパはゼウスの子を生んだのでした』

ぼくも動物に変身して、あの子に近づいてみよう。さっきも動物たちに囲《かこ》まれて楽しそうにしていたし、きっと仲良くなれるはずだ。

「この森で雄牛《おうし》は目立ちすぎるし、そうだ！　真っ白な馬に変身しよう」

翌日《よくじつ》、いつものように家を出て、花畑の直前で自分に魔法《まほう》をかけて、真っ白な馬に変身する。ぼくはまだ見習いだから、この姿《すがた》で長い時間はいられないけれど、数時間なら大丈夫《だいじょうぶ》だ。その間に彼女《かのじょ》と仲良くなるんだ。

少女は今日もそこにいた。小鳥と何やら話をしながら、うれしそうに笑《わら》っている。怖《こわ》がらせないように優《やさ》しい歩みで近づいていくと、ぼくの存在《そんざい》に気づいてくれたみたいだ。

「あら、なんてきれいな子なの！　ねぇ、こっちに来て一緒《いっしょ》に遊びましょう？」

満面の笑《え》みでぼくに向かってこっちにおいでと手を振《ふ》ってくれる。

『なんてかわいらしい笑顔《えがお》なんだ。声もカナリアみたいに美しいし、瞳《ひとみ》はエメラルドみたいだ』

少女に近づいて首を垂《た》れると、そっとなでてくれる。

「おとなしいのね。毛並《けな》みもすっごくきれい。わたしはサディラ」

「ぼくはハダル。きみもすごくきれいな髪《かみ》だね」

「男の子なのね！　ありがとう、ハダル。あなたはこの森に住んでいるの？」

「そうだよ。きみは？」

「わたしは近くの村に住んでいるの」

サディラはニコニコと笑《わら》いながら、ぼくとたくさん話をしてくれた。

「あなたみたいに真っ白な子に会ったのは初めて。すっごくうれしい。ねぇ、わたしたちお友だちになりましょう」

「もちろんだよ。よろしくね、サディラ」

「うれしい！　ねぇ、これをあげるわ。あなたによく似合《にあ》ってる」

彼女《かのじょ》は自分でつくった花冠《はなかんむり》をぼくの首にかけてくれた。あのいい香《かお》りがする花だ。

真っ白な馬がめずらしいだけかもしれないけれど、サディラは見た目だけでなく心もきれいなのだろう。他《ほか》の動物たちだって彼女《かのじょ》に心を許《ゆる》している。ぼくはますます彼女《かのじょ》のことを好きになってしまった。

「また明日も会いましょうね、ハダル」

彼女《かのじょ》はそう言ってぼくがやってきた方向とは逆方向《ぎゃくほうこう》に帰っていった。ぼくは元の姿《すがた》に戻《もど》って、花冠《はなかんむり》を大事に手にしたまま夢心地《ゆめごこち》でしばらくそこに佇《たたず》んでいた。

「明日は人間の姿《すがた》で会いにこよう。この花冠《はなかんむり》を持っていけば、サディラはぼくだってわかるはずだもの」

翌日《よくじつ》、いつもの花畑にやってくると、そこに真っ白な馬がいた。昨日《きのう》ぼくが変身した姿《すがた》にそっくりだった。毛並《けな》みがきれいで、エメラルドグリーンの瞳《ひとみ》をしている。

「その花冠《はなかんむり》……まさか、ハダルなの？」

「え？」

サディラの声がたしかに聞こえるのにサディラの姿《すがた》はそこにはない。ぼくの前にはエメラルドグリーンの瞳《ひとみ》をした馬がいるだけだ。でも、この瞳《ひとみ》には見覚えがある。

「もしかして、サディラなの？　その姿《すがた》……どうして……」

「あなたこそ……どうして人間の姿《すがた》なの？」

相手もおどろいているみたいだ。あの美しい瞳《ひとみ》が悲しそうに涙《なみだ》で滲《にじ》んでいる。

「ぼくは……見習い魔法使《まほうつか》いなんだ。それで……昨日《きのう》は変身していたんだ。きみともっと仲良くなりたかったから、今日は本当の姿《すがた》で会いにこようと思って……」

「そうだったの？　わたしは近くの村にいるイタズラ好きの魔法使《まほうつか》いに魔法《まほう》をかけられて一時的に人間の姿《すがた》に変えられていたの。それで、昨日《きのう》ハダルに会って、つがいになりたいと思ったから……頼《たの》んで元の姿《すがた》に戻《もど》してもらったの」

まさか、サディラが馬だったなんて！　どうやらぼくの初恋《はつこい》は、早くも散ってしまったみたいだ。

「そうだったんだね……人間のきみもとてもすてきだったけれど、本当の姿《すがた》もきれいだね。つがいにはなれないけれど、改めて友だちになってくれるかな？　この花冠《はなかんむり》はぼくの宝物《たからもの》にするよ。今日は、ぼくがサディラにつくってあげるね」

ぼくは涙《なみだ》がこぼれそうになるのを必死にこらえて、花冠《はなかんむり》を自分の首にかける。これより上手《じょうず》につくれるだろうか。美しいサディラのためにつくるのだから失敗はできない。でも、きっとできるはずだ。心をこめて、大事な友だちのために。

「ありがとう、ハダル。そうね、わたしたち友だちになりましょう。わたし、この森が気に入ったわ」

「それはよかった。あとでぼくの大好きな師匠《ししょう》を紹介《しょうかい》するね」

初めての恋《こい》は少しだけ苦い味がしたけれど、とってもいい香《かお》りがした。この花の香《かお》りをぼくはずっと忘《わす》れないだろう。

天文学同好会

　放課後の職員会議《しょくいんかいぎ》で同好会を廃止《はいし》することが決まったのは、僕《ぼく》が高校二年の冬のころだった。僕《ぼく》たちが通う北高《きたこう》には、以前から活動の実態《じったい》がない同好会や部が数多くあった。というのも、北高《きたこう》に通う生徒は部活動や同好会に必ず参加するという決まりがあったからで。とりあえず友人同士《どうし》で集まって同好会をつくって所属《しょぞく》していることにすれば、校則《こうそく》を破《やぶ》ることなく学校生活を送れるという抜《ぬ》け穴《あな》があったのだ。

　そんな理由から北高《きたこう》には大会優勝《ゆうしょう》をめざし真面目《まじめ》に活動をするテニス部と、娯楽《ごらく》のために近隣《きんりん》の体育館を借りてテニスを行《おこな》っている同好会が存在《そんざい》したり、そもそもテニス同好会とは名ばかりで、自身のラケットも持たず放課後は友人たちで集まってマイクを握《にぎ》りカラオケにいそしむ人たちがいたりした。

つまり自由という言葉をはきちがえた生徒が増《ふ》えたことによって学校の評判《ひょうばん》も下がってきたから、一度我《わ》が校《こう》の方向性《ほうこうせい》を整えようということになったのだ。もちろんそんな改革《かいかく》に反対意見を唱える人は数多くいて、当時生徒会の副会長だった僕《ぼく》のところへ「勝手に俺《おれ》たちから自由を奪《うば》うな！」という内容《ないよう》のクレームがたくさん寄《よ》せられた。だけどそのルールを決めたのは生徒会ではなく教師陣《きょうしじん》で。生徒の代表である生徒会と教師《きょうし》の間で話し合いがもたれた結果、同好会は「三名以上の部員」と「ある程度《ていど》の活動実《じっ》績《せき》」を提出《ていしゅつ》すれば存続《そんぞく》できることに決まった。ある程度《ていど》の活動実績《じっせき》というのは、たとえば大会に出ろといった難《むずか》しい内容《ないよう》ではなく、日々《ひび》の活動を簡潔《かんけつ》にまとめて教師《きょうし》へ提出《ていしゅつ》するというものだった。ちなみにまとめられた活動レポートは秋の学園祭で掲出《けいしゅつ》されるようで、その時点で実績《じっせき》を報告《ほうこく》できなかった同好会は翌年《よくねん》には解散《かいさん》ということになるらしかった。

三年の春から生徒会長になった僕《ぼく》は、とりあえず人数の規定《きてい》を満たしていない存続《そんぞく》があやぶまれている同好会に出向いて説明をしなければいけない立場で。今は部室棟《ぶしつとう》の端《はし》にある天文学同好会の部室前に来ていた。天文学同好会は二年生の女の子がひとりだけ入会している同好会で、もちろん活動実績《じっせき》はない。

ドアを開けて中に入ると、メガネをかけたショートカットの女の子が椅子《いす》に座《すわ》って本を読んでいた。「突然《とつぜん》ごめんね、市川《いちかわ》さん」と声をかけると、案の定首をかしげられた。

「どうして私《わたし》の名前、知ってるんですか?」

「生徒会長をしてるから、かな」

「……生徒会長さん?」

市川《いちかわ》さんは、どうやら僕《ぼく》のことは知らなかったみたいだ。一度も話したことがなかったから、当然と言えば当然だ。市川《いちかわ》さんは、読んでいた本にしおりを挟《はさ》んで机《つくえ》の上に置いた。

「生徒会長さんが、こんなところにどうしたんですか?」

「同好会の件《けん》について相談がしたくて。先生から話は聞いてる?」

「いえ、何も」

「そっか。単刀直入に言うと、来年にはなくなるかもしれないんだ。天文学同好会が」

「……そうですか」

市川《いちかわ》さんはそれだけ言うと、どうでもいいと言わんばかりに窓《まど》のほうを見た。今日の放課後の空はオレンジの絵の具をこぼしたような色をしていて、夕焼けの光が彼女《かのじょ》の体をほのかに照らしていた。その姿《すがた》は、まるで美術館《びじゅつかん》に飾《かざ》られている絵画のようにも見えて。思わず息をのんでしまった。

「あとふたり、部員が集まればなんとかなるかもしれないんだけど」

「別にいいですよ、なくなっても。私《わたし》がここを間借りしてるより、きっと何か他《ほか》のことに使ったほうがいいですから」

「それじゃあ、市川《いちかわ》さんはこれからどうするの？」

そう尋《たず》ねると、今度は黙《だま》りこんでしまう。気まずい沈黙《ちんもく》が流れる中、ふと妙案《みょうあん》を思いついた。

「……市川《いちかわ》さんがよかったら、僕《ぼく》が天文学同好会に入ろうか？」

「……え？」

「一応《いちおう》、兼部禁止《けんぶきんし》とかの規定《きてい》はうちにはないから」

自分でも、何言ってるんだろうって思った。ここに来る前は茶道《さどう》同好会の部室へ行って、トランプをして遊んでいた生徒に淡々《たんたん》と事実だけを伝えて出てきたのに、ひいきがすぎる。

「……生徒会長さんがそうしたいなら、勝手にすればいいんじゃないですか？　私《わたし》には拒《こば》む権利《けんり》もないですから」

「そっか」

もう話は終わったという意思表示《いしひょうじ》か、市川《いちかわ》さんは閉《と》じていた本を開いてまた読書へと戻《もど》った。

翌日《よくじつ》、職員室で入部届《にゅうぶとどけ》を提出《ていしゅつ》して天文学同好会へ行くと、今日もそこには市川《いちかわ》さんの姿《すがた》があった。こちらを認《みと》めると、軽く会釈《えしゃく》をして本を閉《と》じる。

「今日先生から、同好会の規定《きてい》に関して詳《くわ》しい説明を聞きました。部員が最低でも三人は必要みたいですけど」

「それに関しては心配しないで。僕《ぼく》の友だちに名前だけ貸《か》してもらったから」

「……生徒会長さんが、そんな不正みたいなことしていいんですか？」

「別に規則《きそく》は破《やぶ》ってないから」

「それじゃあ、天文学同好会の活動はどうするんですか？」

「それはもう考えてあるよ」

昨日《きのう》の夜、天文学同好会として何をするべきなのかスマホで調べながら考えていると、一件《けん》のニュースが目に留《と》まった。ブックマークしておいたそのページを市川《いちかわ》さんに見せると、あまり興味《きょうみ》を示《しめ》していなかった瞳《ひとみ》がわずかだが光った気がした。

「こと座《ざ》流星群……？」

「十六日に見られるらしいよ。実はもう、先生に夜間の活動許可《きょか》をもらってるから、その日に流れ星の撮影《さつえい》と観察をしよう」

「星を撮影《さつえい》するカメラはどうやって用意するんですか？」

「最近のスマホって、夜間でもきれいに撮影《さつえい》ができるから。僕《ぼく》のスマホで動画撮影《さつえい》するつもり」

スマホでカメラアプリを開いて渡《わた》すと、こちらにレンズを向けてシャッターを切ってくる。カシャリという音が鳴ると、初めて彼女《かのじょ》はうっすらと笑《わら》った。スマホを返してもらってから写真を確認《かくにん》すると、少し照れたように笑《わら》っている僕《ぼく》の姿《すがた》が写っていた。

それから活動の日に備《そな》えて、空いた時間を見つけては彼女《かのじょ》と買い出しへ行った。スマホを固定《こてい》するための三脚《さんきゃく》や、星座《せいざ》の早見表、段《だん》ボールも必要だったから学校近くのスーパーで余《あま》っているものを分けてもらった。

スーパーを出るころには彼女《かのじょ》が少し疲《つか》れた表情《ひょうじょう》をしていたので、近くの公園のベンチに座《すわ》って休憩《きゅうけい》をとった。

「ごめんね、放課後に連れまわしたりして」

「私《わたし》も部員ですから。ぜんぶ用意してもらって、星だけは見るなんて、そこまで図々《ずうずう》しくないです」

「もしかして、ちょっと楽しみだったりする？」

「流れ星なんて、見る機会ないですから。それに、三回お願いごとを唱えれば願いが叶《かな》うんですよね？」

「迷信《めいしん》みたいなものだけどね。何かお願いしたいことでもあるの？」

「受験生なのに、私《わたし》のために時間を使ってくれている先輩《せんぱい》が、ちゃんと合格《ごうかく》しますようにって祈《いの》ろうと思って」

叶《かな》うかもわからないお願いごとなんだから、せめて自分のために祈《いの》ればいいのに。市《いち》川《かわ》さんは、したり顔で口角をもち上げた。

そんなふうにして順調に流星群の日のための準備《じゅんび》は進んでいったけど、流れ星が降《ふ》る当日はあいにくの曇《くも》り空《ぞら》だった。昼休みがはじまってすぐに天文学同好会の部室へ行くと、市川《いちかわ》さんはいつものように椅子《いす》に座《すわ》って小説を読んでいる。その表情《ひょうじょう》はどこか浮《う》かなそうで、曇《くも》り空《ぞら》を見ては唇《くちびる》をさびしそうに引き結んでいた。

「今日の流星群、難《むずか》しそうですね……」

「まだ夜までには晴れるかもしれないから」

そんな希望的観測《かんそく》は、六限目《げんめ》の数学の時間から降《ふ》った雨によって洗《あら》い流《なが》されてしまった。透明《とうめい》なしずくが落ち続ける空はどんよりと灰色《はいいろ》に染《そ》まっていて、とても星空が顔を出すような天気じゃなかった。

放課後に部室へ行った時も市川《いちかわ》さんは本を読んでいて、もうカーテンを閉《し》めきって窓《まど》の向こうが見えないようにしていた。

「私《わたし》、そろそろ帰りますね」

止《や》まない雨音に彼女《かのじょ》がしびれをきらしたのは、十八時を少し過《す》ぎたころ。奇跡《きせき》が起こらないかと期待していたけど、今日の雨は少しも雨脚《あまあし》を弱めてはくれなかった。

「帰る前に、一緒《いっしょ》に工作でもしていかない?」

「工作?」

「もし晴れなかった時のために、プラネタリウムをつくろうと思ってたんだ」

隣《となり》の空き教室に置いておいた段《だん》ボールを持ってくると、市川《いちかわ》さんは納得《なっとく》したような表《ひょう》情《じょう》をしていた。

「そのために段《だん》ボールを集めてたんですね」

「まあね」

実は数日前から放課後、市川《いちかわ》さんが帰ったあとにこっそりプラネタリウムの原型《げんけい》をつくっておいた。だからあとはガムテープで組み立てるだけで、段《だん》ボールのドームは完成する。その最後の仕上げをふたりで行《おこな》うと、想像《そうぞう》していたよりもちゃんとしたプラネタリウムができ上がった。

ドームの中はまるで星空のように夜光塗料《とりょう》が光っていて、市川《いちかわ》さんが息をのんだのが伝わってきた。

「とってもきれいです」

「流れ星は見れなかったけどね」

「この目で見ることはできなかったですけど、雨雲の上ではちゃんと星が流れていますから」

そう言うと、段《だん》ボールドームの中心で彼女《かのじょ》は祈《いの》りを捧《ささ》げるように手のひらを合わせた。彼女《かのじょ》にならって手を合わせて目を閉《と》じ、願いごとを心の中で唱える。再《ふたた》び目を開けると、いつの間にかこちらを見ていた彼女《かのじょ》と目が合った。

「何を祈《いの》ってたんですか？」

「内緒《ないしょ》」

「私《わたし》は前に教えたのに」

不満そうに頬《ほお》を膨《ふく》らませている彼女《かのじょ》を見て、来年もこの場所で笑《わら》っていてほしいと切に願った。

だけどその後、学園祭が終わって雪が降《ふ》りはじめる季節になったころ、天文学同好会の廃部《はいぶ》が決まった。理由は至極単純《しごくたんじゅん》で、同好会として認《みと》められる部員の数が足りなくなったからだ。

市川《いちかわ》さんは、天文学同好会を退部《たいぶ》すると同時に、病気の療養《りょうよう》のために学校を自主退学《たいがく》した。学園祭の準備《じゅんび》をする中で、彼女《かのじょ》はあまり体が強くないことがわかった。学校を休みがちで、登校しても教室へは行かずに、部室にこもりきりだったことも。

そんな彼女《かのじょ》のことを気《き》の毒《どく》に思って、せめて居場所《いばしょ》を守ってあげるためにも僕《ぼく》が勝手に天文学同好会の活動を手伝《てつだ》ってきた。

「彼女《かのじょ》が長生きをしますように」というあの日の願いは、ほんの少しだけ天に届《とど》いてくれたようだ。彼女《かのじょ》はもともと遺伝性《いでんせい》の疾患《しっかん》をもっていて、大人《おとな》にはなれないと宣告《せんこく》されていたらしい。

だけど少しだけ病状《びょうじょう》が回復《かいふく》して、あれから二十歳《はたち》まで生きることができたのだった。

天文学同好会はなくなってしまったけど、高校を卒業したあとも僕《ぼく》は彼女《かのじょ》のそばにいた。

鼓動《こどう》が止まるその瞬間《しゅんかん》も、病室の中のすぐそばで見守っていた。高三の春に一目惚《ひとめぼ》れをした彼女《かのじょ》は、安らかな表情《ひょうじょう》で星となった。

流れ星にお願い！

　小学校二年生の柊斗《しゅうと》は、すぐ嘘《うそ》をつく。

「この前のテストは百点だった」「夏休みには外国へ遊びにいってきた」「六年生の男の子とケンカして勝った」「有名人に会ったことがある」「冬休みの宿題なんて初日で終わった」など、相手に「すごい」と思ってもらいたくてなんでもおおげさに言ってしまう。

その結果、クラスメイトは柊斗《しゅうと》を「嘘《うそ》つき」だと言い、「すごい」と言ってもらうどころか何を言っても信じてもらえなくなってしまった。自業自得《じごうじとく》だけれど柊斗《しゅうと》は反省するどころか、注目されたいがために嘘《うそ》を重ねてしまうのだった。


「俺《おれ》、この前、幽霊《ゆうれい》を見たんだ！」

「ほんとに？　すごい！　どこで見たの？」

その日、教室でクラスメイトの男の子が自慢気《じまんげ》に話しているのが聞こえた。どうやら祖母《そぼ》の家に遊びにいった時に、幽霊《ゆうれい》を見たのだと言う。それを聞いた他《ほか》のクラスメイトたちは「すごい！」と口々《くちぐち》に言い、幽霊《ゆうれい》がどんな様子だったのかを聞きたがっている。

「俺《おれ》なんて、幽霊《ゆうれい》の友だちがいるんだ！　すごいだろ！」

柊斗《しゅうと》は悔《くや》しくて大声でそう言って、話に割《わ》って入ろうとしたけれど、クラスメイトの反応《はんのう》はうすい。

「ハイハイ、すごいね」

全然「すごい」だなんて思っていない言い方でそう返され、柊斗《しゅうと》はおもしろくない。さっきはみんな「すごいね」と言って、興味津々《きょうみしんしん》で話していたのに、柊斗《しゅうと》の話はだれも真剣《しんけん》に聞いてくれないのだ。悔《くや》しい。柊斗《しゅうと》は結局みんなの会話の輪にも入れず、ひとり教室の隅《すみ》でそれを聞いていたのだった。

『悔《くや》しい、悔《くや》しい！　あいつらを見返してやりたい。すごいって言わせてやりたい！』

学校からの帰り道もずっとそんなことを考えていた。

『だいたい、あいつが幽霊《ゆうれい》を見たなんていうのも嘘《うそ》に決まってる。あーあ、本当に幽霊《ゆうれい》の友だちがいたら、あいつらを全員怖《こわ》がらせてやれるのにな』

なんて思ったりもしたけれど、そもそも柊斗《しゅうと》だって幽霊《ゆうれい》を見たこともなければ、幽霊《ゆうれい》の友だちなんているわけもない。どうしたら、クラスメイトを見返してやれるだろうかと考えているうちに家に着いてしまった。

「おかえり〜。ちゃんと手は洗《あら》った？」

「うん。ちゃんと洗《あら》った」

母親の言葉にも、柊斗《しゅうと》はためらうことなく嘘《うそ》で答えるのだった。

「もうすぐふたご座《ざ》流星群の時期です。この学校で『観測会《かんそくかい》』をやる予定ですので、興《きょう》味《み》がある人はぜひ参加してください」

ある日、担任《たんにん》の先生がそう言って、流れ星のイラストが書いてあるプリントを配ってくれた。ふたご座《ざ》流星群を学校で観測《かんそく》する企画《きかく》らしい。

「何年生でも大歓迎《だいかんげい》！　夜の学校でみんなで楽しく流れ星を見ましょう♪」と書いてある。柊斗《しゅうと》は星になんて興味《きょうみ》はなかったけれど、「流れ星に三回願いごとをすると叶《かな》うんだよね。楽しみだね～」という後ろの席の女の子たちの会話を聞いて、ひらめいてしまった。

「そうだ！　流れ星にお願いをして、幽霊《ゆうれい》の友だちをつくろう！　そしたらもうみんなに嘘《うそ》つきだなんて言われないし、バカにしてきたやつらをおどろかせて怖《こわ》がらせることもできる」

柊斗《しゅうと》は、観測会《かんそくかい》に参加することにした。

迎《むか》えた観測会《かんそくかい》当日、柊斗《しゅうと》は夜の学校にやってきた。昼間の学校とは雰囲気《ふんいき》がちがって少しだけドキドキする。二年生だけでなく全学年対象《たいしょう》のイベントだからか、周囲《しゅうい》には知らない子どもたちがたくさんいる。

「みなさん、流星群の時間までまだ少しあります。風邪《かぜ》をひかないようにしてくださいね。これから全員にココアを配りますので、ゆっくり飲みながら星が流れてくるのを待ちましょう」

先生がそう言っているのが聞こえる。ココアは柊斗《しゅうと》の大好物だ。柊斗《しゅうと》は配られた毛布《もうふ》にくるまりながら、ココアが配られるのを待つ。

「流れ星、楽しみだなぁ」

柊斗《しゅうと》のひとりごとに、隣《となり》にいた男の子もうなずいてくれたようだ。いつもだったら、

「流れ星なんて何回も見たことあるけど！」

と嘘《うそ》をついてしまうところだけれど、今夜は流れ星に願いごとをすることのほうが大事だった。早く流れてきますように、とワクワクしていた柊斗《しゅうと》だったが、慣《な》れない夜更《よふ》かしとさっき飲んだあたたかいココアのせいなのか、まぶたが重くなってきた。まだ時間はあるみたいだし少しだけ、と思いながら、柊斗《しゅうと》は眠《ねむ》りに落ちてしまった。

「ねぇ、起きて。星がたくさん流れているよ！」

冷たいものが頬《ほお》に触《ふ》れたような気がして、柊斗《しゅうと》はびっくりして目を覚ました。柊斗《しゅうと》を起こしてくれた隣《となり》の男の子は、空を指さしている。

「ほら、流れ星だよ！」

「うわ。すごい……」

柊斗《しゅうと》が空を見上げると、次から次へと星が流れている。あのまま眠《ねむ》っていたら見られなかったかもしれない。

「起こしてくれて、ありがとう」

「いいよ。せっかく参加したんだから、みんなで見たほうが楽しいよね」

柊斗《しゅうと》は改めて空を見つめる。こんなにたくさん星が流れているのだから、きっと柊斗《しゅうと》の願いだって叶《かな》うはずだ。

『幽霊《ゆうれい》の友だちができますように。幽霊《ゆうれい》の友だちができますように。幽霊《ゆうれい》の友だちができますように』

両手を組み合わせて、心の中で三度、願いごとを唱える。まわりを見るとみんな同じように願いごとをしているようだ。いくらなんでもここにいる全員分の願いごとが叶《かな》うことはないのではと不安に思った柊斗《しゅうと》は、さらに強く念じる。

『幽霊《ゆうれい》の友だちができますように』

幽霊《ゆうれい》の友だちをつくって、クラスメイトを怖《こわ》がらせてやるんだ！　という柊斗《しゅうと》の気持ちだけはとにかく大きい。そのせいか、ついに柊斗《しゅうと》は願いを口にした。

「幽霊《ゆうれい》の友だちができますように！」

「君の願いはそれなの？」

隣《となり》の男の子がうれしそうに柊斗《しゅうと》に話しかけてきた。バカにされたのかと柊斗《しゅうと》は身構《みがま》えた。

「そうだよ。悪いかよ」

「全然悪くないよ。でもよかったね、それなら君の願いは叶《かな》うってことだもん」

「え？」

よく見ると隣《となり》の少年は、楽しそうに笑《わら》っている。柊斗《しゅうと》と同い年くらいに見えるけれど、見覚えがないから他《ほか》の学年の子だろうか。柊斗《しゅうと》が不思議《ふしぎ》そうに首をかしげていると、その子は得意気《とくいげ》に教えてくれた。

「あれ? 気づいてなかった? 君が眠《ねむ》っている間に、世界が反転したんだよ」

「どういうこと?」

「この世とあの世がひっくり返ったんだよ。で、君は眠《ねむ》っていたから、他《ほか》の子たちと一緒《いっしょ》には行けずに取り残されちゃったんだ」

「え?」

毛布《もうふ》にくるまれているはずなのに、柊斗《しゅうと》は寒くてしかたないことに気づいた。それに男の子の顔はなんだか青白い気がする。

「ここにいるのは全員幽霊《ゆうれい》ってこと。君の願いが叶《かな》おうとしているよ。ほら、僕《ぼく》たちと友だちになろう?」

柊斗《しゅうと》の周囲《しゅうい》の子どもたちがみんな柊斗《しゅうと》に向かって、手を差し出している。その顔は全貝青白くかすんでいて、首から下はなんだか透《す》けている。

「ぎゃああああああああ！」

柊斗《しゅうと》は恐怖《きょうふ》のあまり叫《さけ》んだまま気を失ってしまう。

「あれ？　せっかく願いごとが叶《かな》うのに、どうしたんだろうね？　もっと喜《よろこ》べばいいのに」

流れ星にまじって少年の弾《はず》んだ声が、柊斗《しゅうと》のうすれた意識《いしき》に流れて消えていった。

星から来た子

このごろは昼間とても暑いので、十二歳《さい》のヒマリとお父さんは、陽《ひ》が沈《しず》んでから近所の公園に来た。夕焼けは残っているけれど他《ほか》の子たちはもう帰った時《じ》刻《こく》で、ヒマリとお父さんはふたりで思いっきりバドミントンを楽しんだ。

空の色がおかしいことに、先に気がついたのはヒマリだ。足元にシャトルが落ちたのに拾いもせず西の空を見上げた。夕焼けは赤いはずなのに、なんだか緑に見える。

「なんだ、あの空の色は」

お父さんも気がついて、ふたりで見ていると、緑の光はどんどん強くなる。まぶしすぎて、とうとうふたりとも目をつぶってしまった。

数秒後、ヒマリはそっと目を開いた。もうまぶしくない。お父さんもおどろいたようにまわりを見まわしている。日は暮《く》れて、すっかり夜だ。空には星がかがやいていた。

そして、ふたりの前には、女の子がひとり立っていた。

とてもかわいい女の子だ。五歳《さい》くらいでさらさらの長い髪《かみ》、着ているのはシンプルな白のワンピース。それと、よくわからない筒《つつ》のようなものを首からヒモでさげていた。

女の子はヒマリをじっと見つめていたけれど、みるみるうちに笑顔《えがお》になった。

「お姉《ねえ》ちゃん、やっと見つけた！」

そう叫《さけ》んで駆《か》け出《だ》し、たちまちヒマリに抱《だ》きついた。ぎゅっとしがみつく。

「知ってる子？　ヒマリの友だちかな？」

お父さんに聞かれたけれど、しがみつかれたヒマリは自信なく首を横に振《ふ》る。どこかで会った気もするけれど、全然思い出せない。

「あなた、どこから来たの？」

ヒマリが尋《たず》ねると、女の子は顔を上げて答えた。

「あたし、《星のお家《うち》》から来たの。やっと順番になって、元のお家《うち》に行ったんだけど、元のお家《うち》にはだれもいなくって」

ちょっと悲しそうな顔になる。首からさげた筒《つつ》を持ち上げ、ヒマリに見せた。

「だから、あたし、この星の望遠鏡で探《さが》したの。そしたらお姉《ねえ》ちゃんを見つけた。これ、家族だけが映《うつ》る魔《ま》法《ほう》の望遠鏡なの。《星のお家《うち》》で貸《か》してもらったんだ」

女の子はヒマリの右腕《みぎうで》にしがみつく。

お父さんは首をひねりながら、スマホであれこれ調べている。

「《星のお家《うち》》っていうのは施設《しせつ》か寮《りょう》の名前かな……このあたりでは見当たらないな」

お父さんは膝《ひざ》をかがめて、女の子に微笑《ほほえ》んだ。

「一緒《いっしょ》に交番へ行こう。おまわりさんが、あなたのお家《うち》を探《さが》してくれるよ」

そう言って女の子に手を伸《の》ばしたけれど、すかっと空振《からぶ》りした。いつの間にか、女の子はヒマリの左腕《ひだりうで》にしがみついている。女の子は怒《おこ》った顔で、ヒマリに聞く。

「お姉《ねえ》ちゃん、このおじさんだあれ？　あたし、迷子《まいご》じゃないのに」

「わたしのお父さんだよ」

ヒマリが答えると、

「うそだー、あたしたちのお父さんはもっとカッコいいでしょ」

本気なのか冗談《じょうだん》なのかわからない調子で言った。ヒマリが横目で見たら、お父さんはけっこうショックを受けた顔をしている。

そんなふうに話していると、公園の入口から声がした。

「あんたたち、もういいかげんに帰ってきなさい」

入ってきた女の人を見て、ヒマリと女の子が同時に叫《さけ》んだ。

「「お母さん！」」

女の子はヒマリから離《はな》れて、今度はお母さんに抱《だ》きついた。

「ああ、お母さん、なんでお家《うち》にいないで、こんなとこにいるの？　あたしずっと探《さが》したんだから。札幌《さっぽろ》のお家《うち》の近くを星の望遠鏡で探《さが》しまくったのに見つかんなかった」

ここは東京だ。札幌《さっぽろ》まで望遠鏡で見えるわけがない。おかしな子だなあと、ヒマリはちょっと笑《わら》いそうになった。

でも、お母さんは笑《わら》わなかった。ひどく青ざめた顔で、じいっと黙《だま》っている。まるで今、雷《かみなり》が頭の上に落ちてきたっていうふうだ。

青ざめたまま、お母さんはその場にしゃがみこんだ。女の子の両肩《りょうかた》をつかんで、とても小さな声で聞いた。

「あなた……ユカリちゃん、なの?」

「そうだよ、お母さん! ユカリだよ!」

今度は、ヒマリとお父さんが雷《かみなり》に打たれたぐらいおどろいた。なになになんで? お母さん、よそのお家《うち》に子どもがいるの? うそうそうそでしょ?

お母さんは優《やさ》しい笑顔《えがお》になって、女の子に言った。

「あのね、ユカリちゃん、わたしあなたのお母さんじゃないの。わたし、アカリよ、あなたのお姉《ねえ》ちゃん」

女の子は目を真ん丸にする。お母さんは立ち上がって、ヒマリの手をとった。

「この子はヒマリ、わたしの子どもよ」

それから、お父さんの手も握《にぎ》った。

「こっちはわたしの結婚《けっこん》した人、夫なの」

女の子はしばらく目を真ん丸にしていたけれど、やがてぱちりとまばたきをした。

「あ、そっか、あたしのいる《星のお家《うち》》とちがって、こっちは時間が流れてるんだ」

女の子は自分の頭をぽんと叩《たた》き、ぺろっと舌《した》を出した。

「あたしってバカだなあ。あの時のお父さんとお母さんの姿《すがた》ばっかり望遠鏡で探《さが》してた。おじいちゃんとおばあちゃんを探《さが》さないとだめだったんだね」

ふいに真面目《まじめ》な顔になって、女の子はお母さんを見上げる。

「ねえ、今幸せ？　お姉《ねえ》ちゃん」

お母さんの目からぽろんと大粒《おおつぶ》の涙《なみだ》がこぼれた。うん、うん、と何度もうなずく。

「ええ、わたし、今とても幸せ。札幌《さっぽろ》のお父さんもお母さんも元気で幸せにしてる」

お母さんは泣きながら、女の子の手をつかむ。

「それからね、みんな、あなたのことを忘《わす》れたことはない。いつもユカリちゃんのことを思ってる。札幌《さっぽろ》のお家《うち》がお留守《るす》だったのは、ふたりがお墓参《はかまい》りに行ってたからよ」

「そっか、よかった、みんな幸せで、あたしのこと覚えてくれてて、うれしい……」

女の子の声は音楽のようにこだましました。ふわんと体が浮《う》かび、ほんのり光り出す。

「ああ、もう《星のお家《うち》》へ帰る時間だ。あたしも幸せ、心配しないでね」

夜空が紫色《むらさきいろ》にかがやき出す。ヒマリと両親はまぶしさに目をつぶった。

数秒後、三人が目を開けると、女の子は影《かげ》も形もなかった。

お父さんがそっとお母さんに聞いた。

「ユカリ、さんって、あの……事故《じこ》で？」

お母さんはハンカチで涙《なみだ》を拭《ふ》きながらうなずく。

「ええ。わたしの妹のユカリ。あの子が交通事故《じこ》で亡《な》くなったのは、わたしが十二歳《さい》の時、今のヒマリとちょうど同じ歳《とし》ね。だからあの子、まちがえちゃったのか」

不思議《ふしぎ》な気持ちのまま、ヒマリの家族は家へ向かって歩き出した。

途中《とちゅう》、近所のお家《うち》の門の前で、わらのようなものを燃《も》やしていた。その近くにはキュウリやナスに割《わ》り箸《ばし》で足をつけた、動物みたいなものが置いてある。

お家《うち》の人とあいさつして通りすぎながら、お母さんがしみじみ言った。

「今、お盆《ぼん》だもんね」

聞いたことはあるけど、ヒマリにははっきりわからない。首をかしげて聞いた。

「お盆《ぼん》って、何の日だっけ?」

「ご先祖様《せんぞさま》の魂《たましい》が、この世へやってくる期間だと言われているよ。さっき燃《も》やしていたのは送り火といって、帰り道を照らしてあげるものらしい」

お父さんが言うと、お母さんもぼんやりつぶやいた。

「キュウリとナスは精霊馬《しょうりょううま》。魂《たましい》の乗り物なんだって。ユカリちゃん、キュウリの馬でやってきて、ナスの牛で《星のお家《うち》》へ帰っていったのかな」

両親と手をつないで歩きながら、ヒマリは星のきらめく夜空を見上げる。

なぜだろう、あんなに不思議《ふしぎ》なことだったのに、ヒマリはちっとも怖《こわ》くなかった。

黄《こう》道《どう》十《じゅう》二《に》商《しょう》店《てん》街《がい》

「あー、もうっ。原田《はらだ》ってば、サイアクッ！」

中学二年生の小杉《こすぎ》リエは、腹《はら》を立てながら家までの帰り道を歩いていた。

怒《いか》りの原因《げんいん》は、十分前に遡《さかのぼ》る。放課後、リエが忘《わす》れ物《もの》を取りに教室のドアに手をかけると、中から談笑《だんしょう》している男子たちの会話が聞こえてきた。

『やっぱ、うちのクラスでいちばんかわいいのは木下《きのした》っしょ！』

『いやいや、いちばんはアイじゃね？』

男子たちは、クラスのかわいい女子の話題で盛《も》り上《あ》がっていた。

呆《あき》れたリエは、知らんぷりして教室の中に入ろうとしたのだが、

『でもさぁ、小杉《こすぎ》リエもまぁまぁかわいくね？』

という声が聞こえてきて、ドアを開きかけた手を止めた。

えっ、私《わたし》!?　ドキリとしたリエは息を潜《ひそ》めた。まさか自分の名前が出るとは思わず、心を躍《おど》らせながら会話の続きに耳をすませた。

『ハァ?　リエはないだろ!』

ところが、次に聞こえてきたのは期待外れな言葉だった。

『アイツ、給食の時、めっちゃ大口開けて食べてるんだぜ!?　怒《おこ》らせると怖《こえ》ぇし、あれは女子にカウントしねぇよ』

その声には聞き覚えがあった。隣《となり》の席の、原田《はらだ》の声だ。

原田《はらだ》とリエは同じ小学校出身で、計六回も一緒《いっしょ》のクラスになったことがある腐《くさ》れ縁《えん》だ。原田《はらだ》は最近になって急に背《せ》が伸《の》びてきて、後輩《こうはい》女子からの人気も急上昇中《きゅうじょうしょうちゅう》らしい。

「あー、思い出したら、さらにムカムカしてきた」

結局リエは教室に入ることができずに、逃《に》げるように学校を出てきた。本当はあの場で原田《はらだ》を怒鳴《どな》りつけてやりたかったけれど、『怒《おこ》らせると怖《こわ》い』という原田《はらだ》の言葉は真実だと証明《しょうめい》するだけのような気がしてできなかった。

それに、悔《くや》しいけれど、原田《はらだ》の言うことがまちがってるとも言いきれない。

小学生のころのリエは、男子にまじってドッジボールをするのが好きだった。今でも髪《かみ》を結ぶのが面倒《めんどう》くさいという理由でショートカットにしているし、クラスの女子が楽しそうに見ているメイク動画よりも、芸人のコント動画を見るほうが好きだ。

つい先日、お母さんにも「リエは何をしても大雑把《おおざっぱ》なのよねぇ」なんて小言を言われたばかりだった。そして食べることが大好きだから、原田《はらだ》の言う通り、給食は男子と競《きそ》うようにおかわりをして、大口を開けて食べている。

「……私《わたし》がいちばん、〝私《わたし》は女の子らしくない〟ってこと、わかってるんだから」

これまでは、それについて深く考えたことはなかった。でも、改めて同級生の男子に言われたらはずかしくなって、リエは柄《がら》にもなく落ちこんでしまった。

「これでも一応《いちおう》、心は乙女《おとめ》なんだからね」

と、つぶやいたリエが顔を上げると、大きな流れ星のマークが目に入った。

――商店街だ。不思議《ふしぎ》に思ったリエは、近くまで歩を進めた。

「黄道《こうどう》、十二商店街《じゅうにしょうてんがい》？」

流れ星がモチーフになったアーチには、〝黄道十二商店街《こうどうじゅうにしょうてんがい》〟と書かれていた。

中学校からの帰り道に、こんなレトロな商店街があるなんて知らなかった。

ここを抜《ぬ》けたら、どこの通りにつながっているんだろう。考えたらワクワクする。探《たん》検《けん》みたいでおもしろそうだと言ったら、また女の子らしくないと言われるだろうか。

「でも、気になることは確《たし》かめないと気が済《す》まない！」

好奇心《こうきしん》に負けたリエは、黄道十二商店街《こうどうじゅうにしょうてんがい》に足を踏《ふ》み入《い》れた。商店街に入ってすぐ目に留《と》まったのは、おいしそうな揚《あ》げたてのコロッケが並《なら》んでいる精肉店《せいにくてん》だった。

「ラム肉コロッケに、牛肉コロッケ！　どっちも揚《あ》げたてでおいしいよ！」

ラム肉とは、羊の肉のことだ。リエは、初めて見るコロッケに目をかがやかせた。

「きみ、よければこのコロッケ食べてみる？」

「えっ、いいんですか？」

「もちろん。はい、揚《あ》げたてだから火傷《やけど》に気をつけてね」

よほど物欲《ものほ》しそうな顔をしていたのだろうか。精肉店《せいにくてん》のお兄《にい》さんは、リエにラム肉コロッケを気前よくサービスしてくれた。

コロッケからは湯気《ゆげ》が立っていて、衣《ころも》もきれいな黄金色《こがねいろ》だ。おなかがすいていたリエは、いつも通り大口を開けてかぶりつこうとした。

「あ……っ」

けれど、すんでのところで口を閉《と》じた。精肉店《せいにくてん》のお兄《にい》さんにまで、女の子らしくないと思われるかもしれないと不安になったのだ。

「どうしたの？　もしかしてコロッケ苦手だった？」

「い、いえ。実は私《わたし》、食べる時に口を大きく開けるのが癖《くせ》なんですけど、その……女の子らしくないから直すべきだよなって思っていて」

また、はずかしくなったリエはうつむいた。するとお兄《にい》さんは、「なんだ、そんなことを気にしてたのか」と呆《あき》れたように笑《わら》った。

「俺《おれ》、女の子が大きく口を開いておいしそうに食べてるの、最高にかわいいと思うけどな。この商店街のやつは全員、俺《おれ》と同じように思うはずだよ」

パッと顔を上げたリエは目を丸くした。お兄《にい》さんはニコニコしていて、嘘《うそ》を言っているようには見えなかった。

「お兄《にい》さん、ありがとうございます！」

ホッとしたリエは満面の笑《え》みを浮《う》かべると、いつも通り大きく口を開けてコロッケを頬張《ほおば》った。コロッケはほんのり甘《あま》くてほくほくで、とても優《やさ》しい味がした。

「ごちそうさまでした！」

あっという間にコロッケを食べ終えたリエは、再《ふたた》び商店街を歩きはじめた。

しばらくして、また気になるお店を発見した。そのお店は外観がそっくりな、隣《とな》り合《あ》わせで二軒《けん》並《なら》んだ不思議《ふしぎ》なベーカリーだった。よく見ると、店名も一字ちがいだ。

こんなお店は初めて見る。おどろいたリエが二軒《けん》のベーカリーの前で立ち止まっていたら、これまたそっくりな見た目をした男性《だんせい》店員がそれぞれのお店から出てきた。

「ちょうど今、あんパンが焼きたてだよ」

「うちはクリームパンが焼きたてだよ」

「「サービスするから、食べていきなよ!!」」

そっくりなふたりは、パンが入ったバスケットをリエに差し出した。ふたりからパンを受け取ったリエは、思わずごくりと喉《のど》を鳴らした。

焼きたてのあんパンとクリームパンはふかふかで、とてもおいしそうだ。でも、ここで大口を開けて食べたら、女の子らしくないと思われてしまうかもしれない。

『この商店街のやつは全員、俺《おれ》と同じように思うはずだよ』

その時、不意に、先ほどの精肉店《せいにくてん》のお兄《にい》さんに言われた言葉を思い出した。

リエは半信半疑《はんしんはんぎ》になりながら、大口を開けてふたつのパンに交互《こうご》にかぶりついた。

すると男性《だんせい》店員たちは、「おいしく食べてくれてありがとね！」と、そっくりな笑顔《えがお》を浮《う》かべて喜《よろこ》んでくれた。

どうやら、この商店街では本当に、女の子らしくないと言われることはないみたい。

うれしくなったリエは、心の中でスキップしながら再《ふたた》び商店街を歩きはじめた。

その後も、カニ専門店《せんもんてん》で焼きガニを店員のお兄《にい》さんに試食させてもらったり、ライオンという名の青果店では店員のおじさんにイチゴを食べさせてもらったりした。

テンビンという名のカフェではスタッフのお兄《にい》さんにパンケーキをごちそうになり、スコーピオンという名の居酒屋《いざかや》と、サジタリウスという名のダーツバーの男性《だんせい》店員には
「大人《おとな》になったら遊びにおいで。サービスするからさ」と、声をかけられた。

さらに、やぎミルクのアイスクリーム店のイケメン店員さんにも、おすすめのアイスクリームをサービスしてもらえた。

「ハァ、おなかいっぱい。私《わたし》、一生ここで暮《く》らしたいかも」

リエは、こんなにいろいろサービスしてもらえたり、声をかけられたりしたのは初めてで、浮《う》かれていた。この商店街には本当に、リエがどんなに大口を開けて食べ物を食べても、〝女の子らしくない〟と言う人はひとりもいないので居心地《いごこち》がいい。

「さて、幸せだけど、そろそろ帰らなきゃ。えーと、帰り道は……って、あれ？」

満足したリエは商店街から出ようと思い、あたりを見まわした。

すると、〝あること〟に気がついた。

そういえば、ここではお客さんを見かけないし、男の人としか会っていない――。

不思議《ふしぎ》なことに、黄道十二商店街《こうどうじゅうにしょうてんがい》にはリエ以外の女性《じょせい》の姿《すがた》が見当たらなかったのだ。

商店街なのだから、主婦《しゅふ》が買い物に来ていてもおかしくないのに、ひとりもいない。

「ねぇねぇ、そこの女の子。うちの店も見ていかない？」

考えこんでいたら、今度は腰《こし》に黒いエプロンを巻《ま》いた男性《だんせい》に声をかけられた。

「お、女の子って、私《わたし》のことですか？」

「そりゃそうだよ。だってこの商店街に、女の子はきみ以外いないじゃん」

男性《だんせい》は笑顔《えがお》だったが、リエはなんとなくゾクッとして生唾《なまつば》を飲みこんだ。男性《だんせい》の横には大きな水瓶《みずがめ》があって、そばに置いてある看板《かんばん》には鮮魚店《せんぎょてん》と書いてある。

「実はさ、少し前に前任《ぜんにん》の子が死んじゃって、みんな困《こま》ってたんだ」

「ぜ、前任《ぜんにん》の子が死んだ？」

「そう。だから、きみが来てくれて本当によかったよ。ありがとう」

男性《だんせい》の言葉の意味がわからず、リエは後ずさった。まわれ右をしたら、いつの間にか、これまで出会った商店街の店の人たちに囲《かこ》まれていることに気がついて青ざめた。

〝羊〟と〝牛〟の肉だけ売っている精肉店《せいにくてん》。〝双子《ふたご》〟のベーカリーに、〝蟹《かに》〟専門店《せんもんてん》。店名が〝獅子《しし》〟の青果店と、〝天秤《てんびん》〟のカフェ、〝蠍《さそり》〟の居酒屋《いざかや》に、〝射手《いて》〟のダーツバー。〝山羊《やぎ》〟ミルクのアイスクリーム店。

そして、大きな〝水瓶《みずがめ》〟がある、鮮《せん》〝魚《ぎょ》〟店《てん》――。

「気づいたかな？　ここには、〝おとめ〟が足りないのさ」

黄道十二商店街《こうどうじゅうにしょうてんがい》……つまりここにあるお店はすべて、黄道十二星座《こうどうじゅうにせいざ》に関するものだったのだ。しかし前任《ぜんにん》の女性《じょせい》――乙女《おとめ》が死んでしまって、彼《かれ》らは後任者《こうにんしゃ》を探《さが》していた。

「だから今度はきみに、死ぬまでここの乙女《おとめ》でいてもらう。ねっ、きみにとっても願ったり叶《かな》ったりだろう？　ここのみんなは、きみが何をしても〝女の子らしくない〟なんて言わないよ。だってきみは、ここでは唯一《ゆいいつ》の乙女《おとめ》なんだから」

精肉店《せいにくてん》のお兄《にい》さんに詰《つ》め寄《よ》られたリエの体は、恐怖《きょうふ》で震《ふる》えた。

逃《に》げなければと頭では思うのに、足がすくんで、その場から一歩も動けなかった。

「さぁ、これからは、僕《ぼく》らとず〜っと一緒《いっしょ》だよ」

黒い笑《え》みを浮《う》かべた男性《だんせい》たちが迫《せま》ってくる。

もうダメだ！　と、リエが思わず両目を閉《と》じた瞬間《しゅんかん》、突然《とつぜん》だれかに手をつかまれた。

「リエ、何やってんだよ！　行くぞ！」

「は、原田《はらだ》……？」

振《ふ》り向《む》くと、そこにはなぜか原田《はらだ》がいた。そのままリエは原田《はらだ》に手を引かれて、無我《むが》夢中《むちゅう》で走り続けた。

「はぁっ、ハァ、は……っ」

商店街を出たふたりは、近くの公園に着くと足を止めた。心臓《しんぞう》は早鐘《はやがね》を打つように高鳴っている。顔を上げれば原田《はらだ》と目が合って、リエの肩《かた》から力が抜《ぬ》けた。

「ど、どうして原田《はらだ》が、あそこにいたの？」

「リエが、立ち入り禁止《きんし》って書かれてる路地に入っていくのが見えたんだよ。それで、不思議《ふしぎ》に思ってあとをつけてた」

原田《はらだ》曰《いわ》く、うす暗い路地をフラフラと歩いていたリエは、突然《とつぜん》黒い影《かげ》の中に飲みこまれそうになったのだという。

「昔、あの路地に入っていった女の子が行方《ゆくえ》不明になったことがあるらしい。だからあそこは立ち入り禁止《きんし》になったんだって、前に母さんから聞いたことがあったんだよ……って、リエ、大丈夫《だいじょうぶ》か？」

原田《はらだ》の話を聞いたリエは、へなへなと腰《こし》を抜《ぬ》かした。まちがいない。原田《はらだ》が来てくれなければ、リエもその女の子と同じようになっていた。

「私《わたし》、もう一生、女の子らしくないままでいいかも」

「は？　……ああ。やっぱりおまえ、俺《おれ》が言ったこと聞こえてたんだな」

リエのつぶやきに反応《はんのう》した原田《はらだ》は、気まずそうに目をそらしたあと、ため息をつきながらリエの前にしゃがみこんだ。

「やっぱりって、どういうこと？」

「実は、教室でクラスのやつらと話してた時、リエがドアの前から立ち去るのが見えたんだよ。それで俺《おれ》はあわててリエを追いかけたんだ」

リエは目を見張《みは》った。原田《はらだ》は観念した様子で、リエを真っすぐに見つめた。

「言っとくけど、あれは、そういう意味で言ったんじゃねぇから！」

「ハァ？　じゃあ、どういう意味だったのよ」

「そ、それはっ。リエが、俺《おれ》以外のやつにかわいいって言われたのが嫌《いや》だったからさ、とっさにああ言っただけで……。悪かった。俺《おれ》は、ありのままのリエが好きだ！」

叫《さけ》んだ原田《はらだ》の顔は真《ま》っ赤《か》だった。思いもよらぬ告白《こくはく》に、リエの頬《ほお》も熱くなった。

その後、例の路地の前には立ち入り禁止《きんし》の看板《かんばん》がもうひとつ建てられたという。

黄道十二商店街《こうどうじゅうにしょうてんがい》は、今も〝おとめ〟を探《さが》し続《つづ》けている——。

『星の　たんじょう』

悠《ゆう》は小学六年生の男子だ。

とある土曜日のお昼時、悠《ゆう》は図書館で一冊《さつ》の絵本を見つけた。

小さい子ども向けの本かなと思ったけれど、絵がきれいなのでぱらぱらめくった。

中を読むうち、悠《ゆう》は胸《むね》がどきどきしてきた。急いでカウンターへ行って、その絵本を借りて、急いで図書館を出た。

ほとんど駆《か》け足《あし》でやってきたのは、悠《ゆう》のおじいちゃんが営《いとな》む工場だった。

「こんにちはっ」

大声で言って、悠《ゆう》は工場横の事務室《じむしつ》へ入った。

事務室《じむしつ》の奥《おく》は休憩室《きゅうけいしつ》だ。テレビとか、小さなたんすとか、低いテーブルやなんかがある畳敷《たたみじ》きの、ちょっと昔の家みたいな部屋だ。

お昼だったので、休憩室《きゅうけいしつ》にはおじいちゃんと、三人の職人《しょくにん》さんたちがいた。お弁当《べんとう》を食べたり、お茶を飲んだり、ごろんと横になってスマホをいじったり、思いおもいに休《きゅう》憩《けい》している。

「おう、悠《ゆう》か」

「どうも若旦那《わかだんな》」

おじいちゃんも職人《しょくにん》さんたちも、にこにこして悠《ゆう》を迎《むか》えた。

悠《ゆう》は小さい時からおじいちゃんの工場が大好きで、よくこうして遊びにきていた。そのせいか、職人《しょくにん》さんの中には、悠《ゆう》のことを「若旦那《わかだんな》」なんて、ふざけて呼《よ》ぶ人がいるくらいだ。

悠《ゆう》は畳《たたみ》に上がりこむと、澄《す》まして言った。

「ちょっと、みんなに聞いてもらいたいお話があるんです」

なんだなんだと横になっていた職人《しょくにん》さんも座《すわ》り直《なお》して、みんな悠《ゆう》のほうを向いた。

悠《ゆう》は得意《とくい》な気持ちになって、でもちょっとはずかしくも思いながら、さっき借りてきた絵本を取り出した。

「この絵本です。それじゃ、はじまりはじまり」

悠《ゆう》は、ゆっくり読みはじめた。

『星の　たんじょう』
そこには　はじめ、
なんにも　ありませんでした。
つめたい　つめたい　まっ黒な　くうかんが　広がっているだけです。
そこへ　どこか　とおくから、
ひとつかみの　チリの　むれが　ただよってきました。
とても　とても　小さなチリは、星の　赤ちゃんたちです。
たくさんの　赤ちゃんたちは　ふよふよと　くうかんに　うかんでいるだけです。

ところが　ある日　とつぜん、
黒い　くうかんが　大きく　うごきだしました。
どこか　とおくで　星の　ばくはつか　しょうとつが　あって、
そのうごきが　ここまで　とどいたのです。
赤ちゃんたちは　はげしく　ゆさぶられ、
やがて　ぐるぐる　まわりだしました。
しだいに　ねつが　わいてきて、
まわりの　ガスや　チリを　まきこんで　くっつけて、
すこしずつ　そだちます。
やがて、赤ちゃんたちの　ひとつ　ひとつが、
しっかりした　かたちに　なっていきます。
そうして　できたのが、
うちゅうにある、たくさんの　星たち　なのです」

「はい、おしまい。『星の　たんじょう』という本でした」

悠《ゆう》はみんなに、絵本の表紙をよく見せた。

絵本の、もう真ん中のあたりから、職人《しょくにん》さんたちはちょっとずつ笑《わら》っていた。

悠《ゆう》が得意《とくい》そうに本を閉《と》じた時、おじいちゃんがみんなを見まわして、

「なんだか、聞いたことのある話だなあ」

と言ったので、そろって拍手《はくしゅ》と大笑《おおわら》いになった。

「ああ、そういうことか」

「さすが若旦那《わかだんな》、よくこんな本を見つけてきましたね」

みんながわかってくれたので、悠《ゆう》は顔が真《ま》っ赤《か》になるほどうれしかった。

「だからぼく、この本を、おじいちゃんやおじさんたちに教えたかったんだ」

その時、休憩室《きゅうけいしつ》の柱時計がぼーんと一回鳴った。

それを合図に、職人《しょくにん》さんたちはのんびり立ち上がり、

「さあて、休憩終了《きゅうけいしゅうりょう》だ。働くぞ」

ぞろぞろ休憩室《きゅうけいしつ》を出ていく。

休憩室《きゅうけいしつ》の出口で靴《くつ》を履《は》きながら、おじいちゃんは悠《ゆう》に振《ふ》り向《む》いた。

「次の交代の人たちにも、その本読んでやれよ。きっと喜《よろこ》ぶぞ」

悠《ゆう》がうなずくと、みんなはそろって工場へ入っていった。

悠《ゆう》は、休憩室《きゅうけいしつ》横の大きな窓《まど》にぺったり張《は》りついた。

そこからは、工場の中がよく見える。職人《しょくにん》以外の人は工場に入れない決まりなので、悠《ゆう》は休憩室《きゅうけいしつ》の窓《まど》から、おじいちゃんたちが働くのを眺《なが》める。

おじいちゃんの工場には、おもしろいものがいっぱいある。特に目立つのは、真っ黒で巨大《きょだい》なフライパンのような形の釜《かま》だ。それが、五つもななめに据《す》えつけてある。この釜《かま》は、「ドラ」と呼《よ》ばれている。ドラはとにかく巨大《きょだい》で、直径は二メートル近くある。悠《ゆう》なら余裕《よゆう》で中に入れそうだ。

ななめに設置《せっち》されたドラは、常《つね》にゆっくり回転していて、まわるごとにざらざら音を立てる。中には、チリのような小さな粒《つぶ》が大量に入っていて、かきまわされるたびに、海の波のような音を立てるのだ。

おじいちゃんや職人《しょくにん》さんたちは、それぞれ担当《たんとう》のドラと、糖蜜《とうみつ》の入った容器《ようき》のそばに立っている。糖蜜《とうみつ》とは砂糖《さとう》を液状《えきじょう》に溶《と》かしたもので、透明《とうめい》なものもあるし、フルーツやミント、最近はコーヒーやチョコレート味なんてのもある。それぞれちがう色と香《かお》りを振《ふ》りまきながら、ざらざら音を立てながら、ドラはまわり続ける。

職人《しょくにん》さんたちはみんな、さっきとは別人みたいに真剣《しんけん》な顔をしている。釜《かま》の火加減《ひかげん》を見たり、じょうろのような細かい穴《あな》の開いたひしゃくで糖蜜《とうみつ》を振《ふ》り入《い》れたり、粒同士《つぶどうし》がくっつかないよう、コテと呼《よ》ばれる道具でほぐしたり、忙《いそが》しそうに働く。

小さな粒《つぶ》に、糖蜜《とうみつ》をまぶし、ドラで熱を入れ乾《かわ》かしながら回転させると、小さな粒《つぶ》は糖蜜《とうみつ》を巻《ま》きこんで、くっつけて、少しずつ育つ。

おじいちゃんたちは何日も何日も、粒《つぶ》たちを育てる。六日ぐらいたってやっと、丸い粒《つぶ》から、小さな小さなこぶみたいなものが生えてくる。おじいちゃんたちは交代しながら、ドラをまわし続け、糖蜜《とうみつ》を振《ふ》り入《い》れ続《つづ》け、粒《つぶ》をほぐし続ける。三週間もまわし続けてやっと、一つひとつが、しっかりした形になっていく。小さなこぶが、はっきりしたとげとげに成長していく。そうしてできたのが、あのおなじみの、かわいらしくてカラフルな星たちなのだ。

おやつに出された分を持って、悠《ゆう》は外へ通じる窓《まど》を開けた。ひと粒《つぶ》つまみ上げて、空の光に透《す》かしてよく眺《なが》める。

きらきらかがやいて、本当にきれいだ。

ぽいっと口に放りこめば、かすかにひんやりして、優《やさ》しい甘《あま》みとほのかな香《かお》りが広がり、かみしめるとこりこり気持ちよく砕《くだ》けていく。

悠《ゆう》は手の中の宝石《ほうせき》のような粒《つぶ》たちを見つめながら、しみじみつぶやいた。

「ほんとに、お星様そっくりだな、こんぺいとうって」

七夕と織姫《おりひめ》

高校一年、夏。七月七日。七夕。午後八時。

テニス部の活動が終わったあと、しばらく学校前で友だちとだべっていたら、いつの間にかいつもより遅《おそ》い時間になっていた。そろそろ家に帰らなければ親に怒《おこ》られるため、おたがい別々《べつべつ》の方向へと自転車をこいだ。学校から家までは自転車をこいで約二十分。どんなに遅《おそ》くても八時三十分にはたどり着ける距離《きょり》だ。

道中、小さな霊園《れいえん》の近くにある横断歩道《おうだんほどう》を通過《つうか》しようとした時、タイミング悪く青信号が赤に変わった。いつもならお墓《はか》の近くということもあり、気味が悪いから信号を無《む》視《し》していた。

だけどその日はたまたま法を守ろうという気持ちに目覚めたのか、右足を地面につけて止まった。それから、ふと霊園《れいえん》のあるほうへ目を向けると、同い年くらいの髪《かみ》の長い女の子が街灯《がいとう》の明かりの下に立っているのに気づいた。

一瞬《いっしゅん》その姿《すがた》に身震《みぶる》いをして、もしかしたら幽霊《ゆうれい》かも、なんていう子どもじみた妄想《もうそう》をしてしまう。そんなあり得《え》ないことを考えたと友だちにもし知られたら、笑《わら》われるにちがいない。この世界には、幽霊《ゆうれい》は存在《そんざい》しないから。きっと、たぶん。

だからあの人はただの人間で。だけど、赤信号が青に変わってもしばらくその場で彼《かの》女《じょ》のことを見つめてしまうくらい現実離れした、魅力的《みりょくてき》な容姿《ようし》をしていた。そんな街灯《がいとう》の下の彼女《かのじょ》と、視線《しせん》が交差する。瞬間《しゅんかん》、あり得《え》ない大きさで心臓《しんぞう》が跳《は》ね上《あ》がった。

あわててペダルに足をかけ直し、結局赤信号に変わってすぐの横断歩道《おうだんほどう》の上を走った。胸《むね》の鼓動《こどう》は、家に帰ったあと、母親に「帰るのが遅《おそ》い」と怒《おこ》られた時になっても治まることはなかった。

あの人はもしかすると、織姫《おりひめ》だったのかも。そんなバカなことを考えてしまうくらいに彼女《かのじょ》はきれいで。

そして目が合った時、彼女《かのじょ》が涙《なみだ》を流していたのを今さらながらに思い出した。

翌日《よくじつ》、昼休みに弁当《べんとう》を食べていると、幼《おさな》なじみの紗耶香《さやか》が近寄《ちかよ》ってきて「悠一《ゆういち》、朝からなんかうわの空じゃん」と言ってきた。首をかしげると「数学の時間、当てられたのにずっと窓《まど》の外見てた」と、二時間前のできごとを蒸《む》し返《かえ》してくる。

「そういう日もあるだろ」

「もしかして、新しい恋《こい》でも見つけちゃった？」

「ば、そんなんじゃねーよ……」

にやけ顔で急に言われたから、とっさに昨日《きのう》の女の子のことが頭の中にチラついて、思わず顔が熱くなった。これじゃあ、何かあったと言っているのと同じだ。

すると今度は同じテニス部の和也《かずや》が話に入ってきて。

「相手、だれ？　俺《おれ》たちだけに教えてくれよ」

「だから、ちがうって。第一、あの人とは昨日《きのう》たまたま目が合っただけで……」

思わず口を滑《すべ》らせると、紗耶香《さやか》がこちらに身を乗り出してきた。

「やっぱりなんかあったんじゃん！」

「七夕の日に一目惚《ひとめぼ》れとか、もしかしてその人織姫《おりひめ》だったりして？」

言いながら、和也《かずや》はバカにするようにけたけたと笑《わら》う。昨日《きのう》一瞬《いっしゅん》でも同じことを考えてしまったから、顔が余計《よけい》に熱くなって「うるさいな。あっち行けよ」と露骨《ろこつ》に不機嫌《ふきげん》な声で言ってやった。

それでも和也《かずや》はまだニヤついていて。対する紗耶香《さやか》は俺《おれ》が本気でイライラしていることに気づいたのか、小声で「からかってごめんね」と一応《いちおう》の謝罪《しゃざい》を入れてくれた。きっと、幼《おさな》なじみだからこちらの気持ちを汲《く》んでくれたんだと思う。

その日の部活終わり、昨日《きのう》と同じ場所に行ってみたが彼女《かのじょ》は現《あらわ》れなかった。もしかすると、本当に織姫《おりひめ》だったのかも……。なんて思うのは、さすがにバカげているけど。せめて泣いていると気づいた時に声をかけてあげられればよかったなと、昨日《きのう》の自分の行動を後悔《こうかい》した。

それから、部活終わりに彼女《かのじょ》を探《さが》すことが日課となって。結局、一か月がたったけど、一度も再会《さいかい》することはなかった。

そうしてたまたま紗耶香《さやか》と下校時刻《じこく》がかぶったある日、その日も俺《おれ》は七夕の日に見つけた彼女《かのじょ》のことを横目で探《さが》していて。きょろきょろしていたのがバレたのか「……まだ七夕の日のこと引きずってるの？」と、紗耶香《さやか》が遠慮《えんりょ》がちに尋《たず》ねてきた。

「別に……」

「うそ。学校出てから、悠一《ゆういち》ずっとうわの空だもん」

「うわの空だったとして、紗耶香《さやか》に関係ないだろ」

「関係あるよ。だって私《わたし》、悠一《ゆういち》のことが好きだから」

そんな突然《とつぜん》の告白《こくはく》に、俺《おれ》の足は止まってしまって。そういえばあの日も、今日の夜空みたいに星がたくさん見えた日だったのを思い出した。

「……なんでいきなりそんなこと言うんだよ」

「だって、いつまでも悠一《ゆういち》が捨《す》てられた子犬みたいな顔してたから」

それから紗耶香《さやか》は目を伏《ふ》せて、少し泣きそうな表情《ひょうじょう》を浮《う》かべて、

「なんで、もう会うこともないような人を、そんな引きずってるの。私《わたし》の気持ち、ずっと気づいてくれなかったくせに」

「……え？」

「あんたのことが、子どものころから好きなのよ、バカ！」

叫《さけ》ぶように告白《こくはく》してきて呆気《あっけ》に取られてしまったけど、そのおかげで痛《いた》いくらいに必死さが伝わってきた。同時に、ずっと紗耶香《さやか》の気持ちに気づいてあげられなかった申しわけなさもこみ上げてきて、いろんな感情《かんじょう》が混《ま》ざり合《あ》った結果「ごめん……」と謝罪《しゃざい》の言葉を口にしていた。

それが別の意味に捉《とら》えられてしまったのか、ますます紗耶香《さやか》は目に涙《なみだ》をためてしまって。あわてて訂正《ていせい》するように「いや、紗耶香《さやか》のことが嫌《きら》いとか、そういうんじゃなくて。そういう気持ちで見たことなかったって言ったらうそになるけど、紗耶香《さやか》はずっと一緒《いっしょ》にいてくれたから、それが当たり前になってたっていうか……」

気づいたら言いわけのような言葉を並《なら》べていて、自分のことをダサいと思ってしまった。だから一度深呼吸《しんこきゅう》をして、改めて紗耶香《さやか》に向き直った。

「紗耶香《さやか》がそんなふうに思ってくれてて、うれしいよ。だから、幼《おさな》なじみから少しずつ恋人《こいびと》になっていけたらって思う」

そんな返事に、紗耶香《さやか》は今までいちばんの笑顔《えがお》を見せてくれた。

だからこの時の俺《おれ》たちは、これから一歩ずつ恋人《こいびと》になっていくんだろうとばかり思っていたんだ。


高校二年、夏。七月七日。七夕。午後八時。

部活終わり、いつもなら紗耶香《さやか》と途中《とちゅう》まで一緒《いっしょ》に帰っているが、今日は向こうの家の都合で早々《そうそう》に帰宅《きたく》したため、久《ひさ》しぶりにひとりでの下校だった。田舎《いなか》の夏の空はいくつも星が瞬《またた》いていて、そういえば去年の七夕の空もこんなだったと思い返した。

結局、あの日泣いていた女の子は、あれから目にすることはなかった。だからいつの間にか頭の中からも記憶《きおく》が消えそうになっていて。あと少しすれば、きっと顔も思い出せなくなるだろうと思っていた矢先に、まるで運命かのように彼女《かのじょ》と再会《さいかい》した。

去年の七夕の日に泣いていた彼女《かのじょ》は、今年も同じ場所に涙《なみだ》を流して立っていた。

自分の足は無意識《むいしき》のうちに彼女《かのじょ》のほうへと向いていて。あの日のやり直しをするように、声をかけていた。

「あの、大丈夫《だいじょうぶ》ですか……？」

「え……？」

「去年もここにいましたよね？」

彼女《かのじょ》は織本姫奈《おりもとひめな》と名乗った。本当に、織姫《おりひめ》みたいなきれいな名前でおどろいた。どうやら母親の命日が七夕のようで、毎年この場所に墓参《はかまい》りに来ているらしい。あの時見かけたのも、たぶん墓参《はかまい》りが終わったあとのことで。これまで一度も会わなかったのは、もともと彼女《かのじょ》は隣町《となりまち》に住んでいるからという、至極単純《しごくたんじゅん》な理由だった。

一通《ひととお》り織本《おりもと》さんの話を聞いていると、いつの間にか織本《おりもと》さんの目から涙《なみだ》は引いていて。少しずつ記憶《きおく》を思い出していくように、あの日一目惚《ひとめぼ》れをしてしまった気持ちが心の中から湧《わ》き上《あ》がってきた。

「悠一《ゆういち》さん、もしかして去年もここを通りかかりました？」

「覚えてたんだ。目が合って、すぐにそらしたのに」

「泣いてたところで目が合ったから、もしかしたら彦星《ひこぼし》さんが来てくれたのかもって、そんなことを思っちゃったんです」

そんなふうに冗談《じょうだん》を言って、織本《おりもと》さんは微笑《ほほえ》む。なんだか一年前の自分と思考が似ていて、照れくさくなって頬《ほお》をかいた。

「全然、彦星《ひこぼし》じゃなくてごめん。俺《おれ》、ただの人間だよ」

「だけど、七夕の日にしか会えないって、それっぽいですよね。私《わたし》、母の命日にしかここら辺に来ませんし」

恋人《こいびと》がいる後ろめたさからか、織本《おりもと》さんの言葉に愛想笑《あいそわら》いを浮《う》かべる。

「いつまでも、泣いてばかりじゃダメですよね」

「いつも泣いてるの？」

「いえ、ふだんは泣かないようにしてます。そういうのは、命日だけにしようって」

「それなら、一年に一日くらいそういう日があってもいいと思うよ。無理してるほうが、お母さんも心配すると思うし」

「そういうもの、なんですかね？」

「たぶん、そういうものだと俺《おれ》は思う」

親を亡《な》くした悲しみも、親の気持ちも自分にはわかるはずもなかったけど、織本《おりもと》さんに必要だと思う言葉を考えて、伝えた。すると少しだけ心が軽くなったのか、また笑顔《えがお》を見せてくれた。

「よかったら、連絡先交換《れんらくさきこうかん》しませんか？」

「連絡先《れんらくさき》？」

「七夕の日に二度も会えるなんて、もしかすると何かの運命かもしれないから」

それから流されるままに、織本《おりもと》さんと連絡先《れんらくさき》を交換《こうかん》してしまった。紗耶香《さやか》のことが頭をよぎったけど、それは本当に一瞬《いっしゅん》のことで。うれしそうにスマホの画面を見ている彼《かの》女《じょ》の姿《すがた》を盗《ぬす》み見《み》て、やっぱり一目惚《ひとめぼ》れはまちがいなんかじゃなかったんだって、再認識《さいにんしき》してしまった。

ほどなくして、俺《おれ》たちはもう遅《おそ》いからという理由で別れた。次に会うのは一年後かも、という言葉を交わして。

だけど七夕が終わってからというもの、織本《おりもと》さんと毎日のようにメッセージのやりとりを続けた。恋人《こいびと》がいることは、いつまでも伝えることができなかった。それを送ってしまえば、このやりとりが終わってしまいそうだったから。

そうこうしているうちに、紗耶香《さやか》に織本《おりもと》さんと毎日メッセージをやりとりしていることがバレてしまって、織本《おりもと》さんという人が、七夕の日に会った女の人だということがわかると、一気に表情《ひょうじょう》が険悪《けんあく》なものへと変わった。

結局、一度生まれた亀裂《きれつ》は修復《しゅうふく》することができないまま、大きな溝《みぞ》となって別れた。

罪悪感《ざいあくかん》で押《お》しつぶされそうになって、織本《おりもと》さんとのメッセージのやりとりも中途半端《ちゅうとはんぱ》なままこちらから切り上げた。それからは紗耶香《さやか》とかかわることも、織本《おりもと》さんにメッセージを送ることもなくなった。

高校三年の七夕の日は、家から一歩も出なかった。外に出れば、彼女《かのじょ》に会ってしまいそうだったから。そうして気づいたら大学生になっていて。隣町《となりまち》でひとり暮《ぐ》らしをはじめたから、生活費《せいかつひ》をかせぐためにコンビニでアルバイトをはじめた。

七夕の日も、コンビニでのアルバイトに明《あ》け暮《く》れた。タイムカードを打刻《だこく》したのは、七夕が終わる三十分前。

「お疲《つか》れさまです」

店長にあいさつをしてから外へ出ると、夜空にはあの日と同じくらいの数の星がちりばめられていた。頭の中に、織本《おりもと》さんの姿《すがた》が浮《う》かんだ時、不意に「こんにちは」とどこかで聞いたことのある声に呼《よ》ばれる。

視線《しせん》を星空から下ろすと、そこには二年前の七夕の日に会った、織本姫奈《おりもとひめな》さんがいて。

やっぱり、この人は本当に織姫《おりひめ》なんじゃないかと、思ってしまった。

ウサギとオリオン

「どうして、いつもいつもうちの姉《ねえ》ちゃんはああなんだよ！」

中学一年生の睦月《むつき》は、図書室の机《つくえ》をバンと叩《たた》いた。

「こら、睦月《むつき》くん。図書室では静かに。いつもの愚痴《ぐち》なら聞いてあげるから、声は抑《おさ》えて、未返却《みへんきゃく》リストのチェック、よろしくね」

睦月《むつき》は図書委員だ。特別に本が好きというわけではないけれど、クラスで各委員を決める日に風邪《かぜ》で欠席してしまい、翌日《よくじつ》登校したら図書委員に決まっていたのだ。でも、半年たった今では図書委員になってよかったと心から思っている。理由は、司書の八生《やよい》が睦月《むつき》の愚痴《ぐち》を聞いてくれるからだ。

「昨日《きのう》、姉《ねえ》ちゃんがまた俺《おれ》のカヌレを勝手に食べてたんだよ。しかも、楽しみにしてたマンガの新刊《しんかん》も先に読んで全然返してくれないし！」

カウンターにあるパソコンの画面と向き合いながら、睦月《むつき》はついつい声が大きくなってしまっていた。さいわい図書室には八生《やよい》とふたりだけのため、だれかにとがめられることはなさそうだ。

「前にも、お母さんのお友だちがおみやげにくれたクッキーをお姉《ねえ》さんに食べられたって言ってなかった？」

「そうですよ！　俺《おれ》よりだいぶ年上のくせに食い意地張《は》りすぎなんだよ」

睦月《むつき》には七歳《さい》年上の桔花《きっか》という名前の姉がいる。二十歳《はたち》の大学生なのだが、横暴《おうぼう》な性格《せいかく》で弟の睦月《むつき》は幼《おさな》いころから姉のことが苦手だ。

「おなかが空《す》いてたんじゃない？」

「そうでしょうね。でも、八生《やよい》さん、カヌレは六個《こ》あったんですよ。それをぜんぶ食べたんです。あり得《え》なくないですか？　しかもそのあと、なんて言ったと思います？」

「なんだろう？　『あんまりおいしくなかった』とか？」

「言いそう！　あいつならそれも言いそう！　でも、今回はハズレです。『お母さん、おなかいっぱいだから、夕飯はいいや。お風呂《ふろ》先に入るね』ですよ。最低ですよね？」

人の分のお菓子《かし》を勝手に食べておいて、おなかいっぱいだから夕飯はいらないなんて、睦月《むつき》からしたらとうてい理解《りかい》できない。それなら六個《こ》もあるカヌレをひとりで食べなければいいのに。

「だいたい、あいつは昔から横暴《おうぼう》なんですよ。暴君《ぼうくん》ですよ。前世はきっとフランスの処《しょ》刑《けい》された王妃《おうひ》だったにちがいない！」

「そんな高貴《こうき》な身分だったのに、現世《げんせ》はずいぶんと平民に生まれ変わったんだねぇ」

「八生《やよい》さんは姉《ねえ》ちゃんの横暴《おうぼう》さをわかってないです！」

「睦月《むつき》くんから耳にタコができるくらい聞いたよ。幼《おさな》いころはお気に入りのおもちゃを壊《こわ》されて…」

「そうです。あのおもちゃも気に入ってたのに、ある日姉《ねえ》ちゃんがいきなり庭に放り投げて破壊《はかい》したんですよ。母さんもあれにはおどろいたと呆《あき》れてました」

「虫の居所《いどころ》が悪かったのかしらね」

弟の気に入っていたおもちゃを投げつけて破壊《はかい》するなんて、どう考えても性格《せいかく》に問題があると睦月《むつき》は思っているが、桔花《きっか》は睦月《むつき》以外の人間にはそんな態度《たいど》をとることはなく、友だちも多い。アルバイト先でも重宝《ちょうほう》されているらしく、よくシフトを増《ふ》やしてくれと頼《たの》まれているし、こっそり睦月《むつき》がアルバイト先のカフェをのぞきにいったところ、家では見たこともないくらいさわやかな笑顔《えがお》で客に対応《たいおう》していた。つまり、姉は睦月《むつき》にだけいじわるなのだ。

「あとはなんだっけ？　小学生の時は当時はやっていたゲームを横取りして勝手にレベルを上げられてたんだっけ？」

「そうです！　そのくせ飽《あ》き性《しょう》で『もう、飽《あ》きたからいいや』ってラスボス直前で俺《おれ》に返してきたんですよ」

「うんうん。それは悔《くや》しかったね」

八生《やよい》は、うなずきながら黙々《もくもく》と作業を続けている。家族からも友だちからも「聞《き》き飽《あ》きた」と言われる姉の愚痴《ぐち》をこうして聞いてくれるのは八生《やよい》だけだ。睦月《むつき》にとっては、実の姉よりもはるかに頼《たよ》りになる存在《そんざい》だった。

「それで返ってこないマンガはどうなったの？」

「昨日《きのう》も早く返してって言ったのに……『あ、今、バイト先の子に貸《か》してるからちょっと待ってよ』って。俺《おれ》のマンガを勝手に人に貸《か》してたんですよ。どうかしてますよ！」

続きが出るのを楽しみにしていたマンガを、風呂《ふろ》に入ってからゆっくり読もうとリビングのテーブルに置いておいたのがダメだった。睦月《むつき》が風呂《ふろ》に入っている間に桔花《きっか》がそれを見つけて自分の部屋に持っていってしまったのだ。

「それはたしかにダメだね。睦月《むつき》くんが怒《おこ》るのも無理ないと思うよ。あ、そのリストのチェックが終わったら、返却分《へんきゃくぶん》を本棚《ほんだな》に戻《もど》しておいてね」

相変わらず図書室には他《ほか》の生徒はおらず、睦月《むつき》と八生《やよい》だけだった。睦月《むつき》はまだブツブツと姉への文句《もんく》を言いながら、一冊《さつ》ずつラベルを確認《かくにん》して本棚《ほんだな》ごとに分類していく。

「俺《おれ》ってまさにこれじゃないですか？」

睦月《むつき》は、『星と星座《せいざ》』と書かれた大きな図鑑《ずかん》を手にしていた。この図鑑《ずかん》は睦月《むつき》も持っている。小学生のころ、父親とプラネタリウムに行った時に買ってもらったのだ。目的のページを開いて八生《やよい》に見せる。

「オリオン座《ざ》？　睦月《むつき》くんがオリオンってこと？」

「ちがいますよ。姉《ねえ》ちゃんがオリオンです。俺《おれ》はこっち」

そう言って、解説《かいせつ》ページにあるウサギを指さす。オリオンの足元で、ぴょんぴょんと跳《と》びまわっているかわいらしいイラストが描《か》かれている。

「なるほど、狩人《かりゅうど》オリオンがお姉《ねえ》さんで、オリオンに踏《ふ》みつぶされたウサギが睦月《むつき》くんということね」

解説《かいせつ》ページにはオリオン座《ざ》とうさぎ座《ざ》について書かれている。オリオン座《ざ》は狩人《かりゅうど》オリオンの雄大《ゆうだい》な姿《すがた》をモチーフとした、冬の代表的な星座《せいざ》だ。対してうさぎ座《ざ》は、オリオンの足元で逃《に》げまわるウサギをモチーフとした星座《せいざ》で、オリオンが踏《ふ》みつぶしたウサギをあわれんだ神が星座《せいざ》にしたとされている。実際《じっさい》に冬の空には、光りかがやくオリオン座《ざ》の足元にうさぎ座《ざ》がある。

「まぁでもオリオン相手じゃ、サソリでも連れてこないと勝てないわね」

「そうか。俺《おれ》がさそり座《ざ》だったらよかったな……俺《おれ》、やぎ座《ざ》だもんな……」

調子に乗ったオリオンをこらしめるために、女神《めがみ》ヘーラーが放ったサソリの毒《どく》でオリオンは命を落としたと言われている。今でもオリオンはサソリが苦手らしく、サソリが東から夜空に上がってくると、そそくさと西からしずんでいく。自分ではオリオンに勝てそうもないと睦月《むつき》がため息をつくと、下校時間を知らせるチャイムが鳴った。

「残りはあとでわたしが戻《もど》しておくから、今日はもう帰りなさい」

睦月《むつき》は、八生《やよい》に愚痴《ぐち》を聞いてくれた礼を言ってから図書室をあとにした。


「……しかし、桔花《きっか》も変わらないなぁ」

睦月《むつき》が帰ったあと、ひとり図書室に残った八生《やよい》は、睦月《むつき》が置いていった図鑑《ずかん》を手にしながらくすくすと笑《わら》う。八生《やよい》は十年前からこの学校に司書として通っている。睦月《むつき》の話を聞くたびに、五年前に卒業した図書委員の女子生徒のことを思い出してしまう。彼女《かのじょ》の名前は桔花《きっか》。彼女《かのじょ》もよくここで、八生《やよい》に弟の話をしていたっけ。

『ねぇ、八生《やよい》ちゃん。うちの弟って世界一かわいいんだよ～』

八生《やよい》の脳裏《のうり》に桔花《きっか》のうれしそうな声がよみがえる。彼女《かのじょ》は弟のことが大好きなのに、それを弟に伝えられない不器用な性格《せいかく》だった。

『睦月《むつき》がまだ小さいころね、あいつが気に入っていたおもちゃが、製造《せいぞう》メーカーの不具合で回収対象《かいしゅうたいしょう》になったことがあったの。でも、睦月《むつき》は本当にそのおもちゃがお気に入りで四六時中離《はな》さないから両親もどう取り上げようか困《こま》ってたんだよね。それを聞いて、わたしは睦月《むつき》がケガをしたら大変！　って思って、無理やり奪《うば》って庭に思いきり放り投げて壊《こわ》してやったの』

『それはずいぶんと思いきった対策《たいさく》をとったね』

『睦月《むつき》は大泣き。両親は呆然《ぼうぜん》としてたよ。あと、睦月《むつき》って少しだけ小麦アレルギーがあるんだよね。だから小麦を使ってそうなお菓子《かし》を勝手に食べすぎないように、わたしはいつも睦月《むつき》の分まで食べてる』

彼女《かのじょ》は弟のことが心配すぎるあまり、行動がいきすぎてしまうのだ。

『あと、あいつ、ゲームが大好きなんだけど下手《へた》くそなんだよね。先に進めないと悔《くや》しくて泣くの。泣いてるところもかわいいけど、姉としては先に進めてあげたいからさ、やりたくもないゲームを必死にやって寝不足《ねぶそく》になったりしたなぁ』

睦月《むつき》の愚痴《ぐち》を聞くたびに八生《やよい》の脳裏《のうり》には、桔花《きっか》の顔が思い浮《う》かんでいた。他《ほか》の人なら聞《き》き飽《あ》きてしまう睦月《むつき》の愚痴《ぐち》も、八生《やよい》にとっては微笑《ほほえ》ましいエピソードなのだ。

『そんなに弟がかわいいなら、もっとわかりやすくかわいがったらいいのに。それじゃ、弟に嫌《きら》われてるでしょう？』

『だって、姉にべったりの男の子に育ったら、同級生にからかわれたりするかもしれないでしょ？　それはかわいそうだもん。年も離《はな》れてるし、苦手に思われてるくらいがちょうどいいんだよ』

桔花《きっか》が少しだけさびしそうにそう笑《わら》っていたのを八生《やよい》は今でも覚えている。やり方はまちがっているが、桔花《きっか》は桔花《きっか》で睦月《むつき》を大事に思っているのだ。

「どうせ、マンガの件《けん》だって、睦月《むつき》くんのお気に入りのキャラが死んじゃって、悲しませたくないから読ませないようにしてるとか、そういう理由なんでしょうよ」

睦月《むつき》からその話を聞いている最中も、桔花《きっか》がどうして人に貸《か》したなんて嘘《うそ》をついているのか想像《そうぞう》していた。きっとそのマンガは桔花《きっか》の部屋に隠《かく》してあるにちがいない。

「ウサギとオリオンか……言《い》い得《え》て妙《みょう》かもしれないね」

八生《やよい》は、図鑑《ずかん》を本棚《ほんだな》に戻《もど》しながらつぶやく。うさぎ座《ざ》には別のエピソードもあることを睦月《むつき》は知らないようだが、八生《やよい》は、以前に星座《せいざ》にまつわる物語が収録《しゅうろく》されている本を読んで知っていた。

『ウサギはオリオンに仕留《しと》められそうになったけれど、あまりのかわいさにオリオンもためらったと言われています』

たしか、あの本はこの図書室にもあるはずだ。

「今度、さりげなくあの本を睦月《むつき》くんにすすめてみるか」

とはいえ、今の睦月《むつき》がこのエピソードを自分と桔花《きっか》に結びつけるのは難《むずか》しそうだ。姉が自分をかわいがっているなど、とうてい信じられないだろう。

いつか桔花《きっか》の想《おも》いが睦月《むつき》に伝わるといいなと思いながら、八生《やよい》は自分の仕事に戻《もど》るのだった。

ペガススに乗って、君を

奏介《そうすけ》が学校に来なくなって、数か月がたった。

奏介《そうすけ》は、ぼくのあこがれだ。ぼくにないものを、ぜんぶもっている子だ。

小学校では、男子にも女子にも先生にも好かれていた。背《せ》が高くって、顔もカッコよくって、勉強もスポーツもできて、何より、自分の意見をはっきり言うことができた。

ぼくはといえば……その正反対。背《せ》は低くて太ってるし、顔はブサイクだし、勉強はそこそこだと思うけど、スポーツは全然ダメで、クラスでいちばん目立たない。そのうえ怖《こわ》がりで、いっつもうじうじ考えてばかりで、思ったことを話せない。

そんな奏介《そうすけ》とぼくだけど、家が近くて保育園《ほいくえん》が同じだったせいか、昔からよく一緒《いっしょ》に遊んだ。いわゆる、幼《おさな》なじみってやつだ。

奏介《そうすけ》は中一の新学期早々《そうそう》、クラスの数人とトラブルになった。

いじめられていた井上《いのうえ》って子を、奏介《そうすけ》がかばったせいだ。それが気に食わなかったらしく、いじめてたやつらが奏介《そうすけ》を闇討《やみう》ちした。つまり、奏介《そうすけ》をだまして、人のいないところへ誘《さそ》い出《だ》し、大勢《おおぜい》で襲《おそ》った。奏介《そうすけ》は勇気があるから立ち向かった。でも、ひとり対大勢《おおぜい》だ。勝てっこない。危《あぶ》ないところで先生が通りかかり、ケンカした全員が捕《つか》まって叱《しか》られたんだけど、その次の日から、奏介《そうすけ》は学校に来なくなってしまった。

ぼくにはなんとなく、奏介《そうすけ》の気持ちがわかった。

誘《さそ》い出《だ》したのが、奏介《そうすけ》がかばった井上《いのうえ》だったからだ。そういうのって、殴《なぐ》られたりけられたりするより、ずっと深く傷《きず》つくんだと思う。

奏介《そうすけ》が来ないまま、一学期が過《す》ぎた。

いくらなんでも、夏休み明けには来るんじゃないかと、ぼくはうっすら期待してたけど、二学期になっても奏介《そうすけ》は登校しなかった。

一学期のうちから、ぼくはほぼ毎日、授業《じゅぎょう》のノートや学校のプリントを持って、奏介《そうすけ》の家に行った。

でも、奏介《そうすけ》は一度も、ぼくに顔を見せてくれなかった。奏介《そうすけ》のお母さんが、ぺこぺこぼくに頭を下げて、済《す》まなそうに受け取るばっかりだ。お母さんが言うには、奏介《そうすけ》は、家でもずっと自分の部屋に閉《と》じこもって、ほとんど出てこないそうだ。

小学生の時、ぼくらは仲良しだった。

ぼくが二階の奏介《そうすけ》の部屋の窓《まど》に小石を投げて合図して、ちょくちょく遊びにいった。流星群があると聞いて、夜中にこっそり家を抜《ぬ》け出《だ》して、丘《おか》のある公園まで見にいったこともあった。ふたりで草の上に仰向《あおむ》けに寝《ね》っ転《ころ》がって、流れ星を待ったあの夜は楽しかった。近くの公園なんだけど、大冒険《だいぼうけん》みたいな夜だったな。

ぼくはどうにかして、奏介《そうすけ》を助けたい。あいつを部屋から外へ連れ出したかった。

でも、ぼくは怖《こわ》がりで行動することができない。

奏介《そうすけ》がクラスでもめた時だって、ぼくはその場にいたのに、見ているだけで助けられなかった。怖《こわ》くて怖《こわ》くて体が動かなくって、声すら出せなかった。

ぼくは、いじめグループのやつらや井上《いのうえ》と同じ、卑怯者《ひきょうもの》だ。

だから奏介《そうすけ》は、ぼくが家に行っても顔を見せてくれないんだ。きっと、ぼくのことを嫌《きら》って腹《はら》を立《た》てている。今、窓《まど》へ小石を投げたって、奏介《そうすけ》は出てきてくれないに決まってる。それに、小さいとはいえ石で窓《まど》ガラスを割《わ》っちゃったら？　小学生の時はなんにも考えてなかったから、あんなことができた。せめて、あの夜の流星群みたいな、大規《だいき》模《ぼ》な天体ショーでもあったら、誘《さそ》い出《だ》す口実になるのに……いろんな消極的な考えが頭に浮《う》かんでは消え、ぼくはうじうじ悩《なや》み続《つづ》け、結局、なんにも行動できなかった。


十月の、ある土曜日のことだ。

ぼくの部屋はひどく散らかっていた。お母さんからもお父さんからも、荷物をまとめて部屋を片《かた》づけなさいって、何度も叱《しか》られたけど、ぼくはやる気がまったく出ない。

ただ自分のベッドに寝転《ねころ》んで、星座早見盤《せいざはやみばん》をぐるぐるまわしていた。

星座早見盤《せいざはやみばん》って、星の図鑑《ずかん》やなんかに付録でついてくることが多い。ふたつの、大きさのちがう円を組み合わせたもので、外側についている月日の目盛《めも》りを、内側についている時刻《じこく》に合わせると、その時の空の様子、見える星座《せいざ》がわかる仕組みになっている。

昼からずっとそんなふうに、うじうじ考えこんでいたけれど、日が暮《く》れる時刻《じこく》になって、やっとぼくは決心した。

今夜しかない。

今夜、奏介《そうすけ》を部屋から外へ連れ出そう。

ぼくは、むくりとベッドから起き上がった。リュックを出して、星座早見盤《せいざはやみばん》と消しゴム、ゴムボール、方位磁石《じしゃく》、携帯《けいたい》、それから懐中電灯《かいちゅうでんとう》を中に詰《つ》めた。

家族にバレないように、ぬき足さし足しのび足で、こっそりこっそり家を出た。

外はすっかり夜になっていた。だれも外にいなくて、住宅街《じゅうたくがい》は静まりかえっていた。

奏介《そうすけ》の家はご近所だから、すぐに到着《とうちゃく》してしまう。

小学生の時と同じように、ぼくは家の横の、裏口《うらぐち》のほうへまわった。そこから見える二階の窓《まど》が、奏介《そうすけ》の部屋だ。

ぼくはほっと息をついた。部屋に明かりがついている。

一度、ふん、と鼻から息を吐《は》いて、ぼくは家のブロック塀《べい》に手と足をかけた。重い体を引きずってなんとか登り、塀《へい》のてっぺんをまたいで座《すわ》った。まわりが暗くてかえってよかった。昼間だったら、下が見えてものすごく怖《こわ》かったはずだ。

塀《へい》に座《すわ》りながら、苦労してリュックから消しゴムを取り出す。これなら、ガラスに当たっても割《わ》れないはず……でも、もし割《わ》れたらどうしよう。嫌《いや》な考えを首をぶるぶる振《ふ》って吹《ふ》き飛《と》ばす。

深呼吸《しんこきゅう》してからかまえる。ぜったいに当てると信じて、投げた。

ぽこん。

消しゴムは見事に、奏介《そうすけ》の部屋の窓《まど》に当たった。

しばらく待ったけど、動きがない。

やっぱり、消しゴムじゃパワー不足？　気がつかなかったのかな。それなら、今度はゴムボールを投げようか……ぼくが考えていると、窓《まど》ぎわに人影《ひとかげ》が現《あらわ》れ、カーテンが開いた。奏介《そうすけ》だ！

奏介《そうすけ》は窓《まど》ガラスも開いて、身を乗り出す。塀《へい》の上のぼくにすぐ気がついた。

「……なんだ、おまえか。なんの用だ」

ひどく冷たくぶっきらぼうな声だ。

ぼくは考えていたセリフを、夢中《むちゅう》で言った。

「ペガススが、ペガススが真上に来るんだよ、丘《おか》の公園へ見にいこうよ」

奏介《そうすけ》は怪訝《けげん》な顔で引っこんだ。がちゃんと窓《まど》が、しゅっとカーテンが閉《し》まった。

ぼくはがっかりした。何やってんだろ。塀《へい》はなんとか下りた。だけど、落ちこみすぎちゃって、それから足が動かない。しばらくぼんやり塀《へい》にもたれていた。

やがて、すぐそばの裏口《うらぐち》がそろりと開いて、奏介《そうすけ》が出てきた。

ぼくらは黙《だま》って、公園までの道を歩いた。

公園の丘《おか》の上には、だれもいなかった。冷たい秋の風が吹《ふ》く。

ぼくは携帯《けいたい》で時刻《じこく》を確認《かくにん》し、懐中電灯《かいちゅうでんとう》で照らしながら、星座早見盤《せいざはやみばん》を今日の月日と現在《げんざい》の時刻《じこく》に合わせた。方位磁石《ほういじしゃく》で方角を確《たし》かめて、南の空高くを指さす。

「ほら、ぼくらの頭の上の四つの星を結ぶと、長方形になるだろ。あれが秋の四辺形、ペガスス座《ざ》の胴体《どうたい》に当たる部分だ」

奏介《そうすけ》は真剣《しんけん》な顔で、ぼくの指さす空を見つめた。

「ああ、あった、あった。へえ、あれってそんなにめずらしいの？」

ぼくの耳が熱くなる。でも、嘘《うそ》はつきたくないから、正直に言った。

「いや全然。今ごろだと、お天気がよくて月が明るすぎなきゃ、いつでも見られる」

数秒間、丘《おか》の上は沈黙《ちんもく》に包まれた。そのあと、いきなり奏介《そうすけ》が笑《わら》い出《だ》した。小学生の時と同じ、はじけるみたいな明るい笑《わら》い声《ごえ》だ。

ぼくも一緒《いっしょ》に笑《わら》い出《だ》す。そのうち、笑《わら》ってること自体がおかしくなってきて、ふたりとも大笑《おおわら》いになった。しまいには、丘《おか》の枯《か》れ草《くさ》にひっくり返って笑《わら》った。

笑《わら》い終《お》わって、ぼくらは枯《か》れ草《くさ》の上で、大の字の仰向《あおむ》けになった。

ぼくはちらちら奏介《そうすけ》の横顔を見る。たまに奏介《そうすけ》もこっちを見て目が合って、ぼくはどぎまぎ目をそらしてしまう。心の中にある、言いたいことが全然言えない。

あせったぼくは、ペガスス座《ざ》の神話を語りはじめた。

「昔々《むかしむかし》、ペルセウスって英雄《えいゆう》がいて、そいつがメデューサ退治《たいじ》の帰り、メデューサの首をぶら下げながら、ペガススに乗って、海の上の空を飛んでたんだよ」

奏介《そうすけ》はまたくすくす笑《わら》い出《だ》す。

「なんだよ、情報量《じょうほうりょう》多いなー。ペガススって、翼《つばさ》の生えた馬のペガサスのこと？　えっと、メデューサって髪《かみ》の毛《け》が蛇《へび》の魔女《まじょ》だっけか？　見ると石になっちゃうとかの」

ぼくも笑《わら》ってうなずく。

「そうそう。その設定《せってい》、あとで利《き》いてくるから覚えといて。でね、ペルセウスが下を見たら、海に突《つ》き出《で》た大岩に、めちゃくちゃ美人のアンドロメダっていうお姫様《ひめさま》が鎖《くさり》でつながれてんの。お姫様《ひめさま》は化けクジラに襲《おそ》われそうになってて」

すかさず、奏介《そうすけ》が先まわりする。

「で、ペルセウスがお姫様《ひめさま》を助けるんだろ？」

ぼくはまた笑《わら》って、何度もうなずく。

「そうそうそう、メデューサの首を見せて、化けクジラを石にしちゃうんだ」

奏介《そうすけ》はぼくのほうを向いて、楽しそうに叫《さけ》んだ。

「お、見事に、伏線回収《ふくせんかいしゅう》したな！」

そのあと、ぼくと奏介《そうすけ》は仰向《あおむ》けになったまま星空を眺《なが》め、昔みたいにおしゃべりしたり、笑《わら》い合《あ》ったりした。あの流星群の夜と同じだ。

星座早見盤《せいざはやみばん》によると、ペガススはぼくらから見たら逆《さか》さまに飛んでいる。ぼくはうっとり思う。このままふたりでペガススに乗って、自由に星空を飛びまわりたい。

しばらくして真面目《まじめ》な声で、奏介《そうすけ》が言う。

「ありがとな……つまり、おまえがペガススに乗った勇者ペルセウスで、オレが悲劇《ひげき》のアンドロメダ姫《ひめ》ってわけだ。鎖《くさり》につながれたオレを、助け出してくれたんだな」

ぼくはおどろいて、起き上がる。

「え、奏介《そうすけ》が、お姫様《ひめさま》？　そいで、ぼくが勇者なの？」

ふたりでげらげら笑《わら》ったけど、その笑《わら》いはすうっと闇《やみ》に溶《と》けて消えてしまった。

そのまま黙《だま》りこくって、ぼくらは起き上がった。おしりや背中《せなか》にくっついた草を払《はら》って公園を出た。黙《だま》って、夜の住宅街《じゅうたくがい》を歩く。

家に入る時、奏介《そうすけ》は明るい顔で言った。

「月曜日から、オレ、学校に行くから。またな」

ぼくが返事できないうちに、笑《わら》いながら家に入ってしまった。


月曜日の朝、ぼくは学校へ行く。

だけど、奏介《そうすけ》とは会えない。

ぼくは日曜日に引《ひ》っ越《こ》しをして、遠い、別の街の学校へ転校したからだ。

とうとう最後まで、引《ひ》っ越《こ》しのことを言えなかった怖《こわ》がりのぼくを、奏介《そうすけ》は許《ゆる》してくれるだろうか。

頑固親父《がんこおやじ》に☆ひとつ

「なぁ、父さん。また、店に☆ひとつのレビューがつけられてるよ」

町の小さな食堂《しょくどう》のカウンター席で、拓郎《たくろう》はスマホをいじりながらぼやいた。

夜の営業《えいぎょう》に向けて、厨房《ちゅうぼう》で料理の下ごしらえをしている拓郎《たくろう》の父は、息子《むすこ》の声など聞こえていないかのように無反応《むはんのう》だ。

「父さんってば、人の話、聞いてんのかよ」

拓郎《たくろう》の実家は、大衆食堂《たいしゅうしょくどう》を経営《けいえい》している。大正時代から代々《だいだい》続いている店で、現在《げんざい》は拓郎《たくろう》の父が三代目店主として料理の腕《うで》を振《ふ》るっていた。

都内にある調理系《ちょうりけい》の専門《せんもん》学校に通う十九歳《さい》の拓郎《たくろう》は、今は都内に住んでいるが、たまの休みには実家に帰省して父の仕事を手伝《てつだ》っていた。

「ハァ。父さんがそんなんだから、店の評価《ひょうか》が上がらないんだぜ」

ため息をついた拓郎《たくろう》は、再《ふたた》びスマホに目を向けた。そこには幼《おさな》いころから見てきた店の外観や、父がつくった料理の写真がいくつも並《なら》んでいる。

写真にはそれぞれ、店を訪《おとず》れた客が投稿《とうこう》した評価《ひょうか》――レビューが☆つきで書かれていた。

店は近くに市役所や大きな病院がある好立地ということもあり、昼時にはいつも満席だ。常連客《じょうれんきゃく》もたくさんいて、このあたりでは「食堂《しょくどう》といえば」で、いちばんに名前があがるような人気店でもあった。

ところがネット上の店の評価《ひょうか》は、☆が二・七という微妙《びみょう》な数字。街での評価《ひょうか》と☆が一《いっ》致《ち》しないのは、典型的《てんけいてき》な頑固親父《がんこおやじ》である父のせいだ。

またため息をついた拓郎《たくろう》は、黙々《もくもく》と玉ネギを切っている父を恨《うら》めしげに見つめた。

拓郎《たくろう》の父は、とにかく愛想《あいそ》が悪い。常連客《じょうれんきゃく》や、常連客《じょうれんきゃく》の連れは父が無愛想《ぶあいそう》なことをよく知っているからいいけれど、初来店のお客様にはいい印象《いんしょう》をもたれない。

客商売なのだから、当然といえば当然だろう。

結果的に、一見《いちげん》さんには軒並《のきな》み、【店主の態度《たいど》が最悪だった】とレビューに書かれ、☆ひとつという低評価《ていひょうか》をつけられてしまう。

「……ほら、まかないだ。さっさと食え」

カウンターの上に、父特製《とくせい》の親子丼《おやこどん》が置かれた。

今は昼と夜の合間の休憩時間《きゅうけいじかん》中。親子丼《おやこどん》を受け取った拓郎《たくろう》は、割《わ》り箸《ばし》を手に取り、「いただきます」と言って手を合わせた。

つやつやのごはんの上には、とろとろの卵《たまご》に包まれた、甘《あま》い玉ネギとやわらかい鶏肉《とりにく》が載《の》っている。煮汁《にじる》も出汁《だし》が利《き》いていて、醤油《しょうゆ》の味加減《かげん》も絶妙《ぜつみょう》だ。

悔《くや》しいけど、めっちゃうまいんだよなぁ。心の中でつぶやいた拓郎《たくろう》は、親子丼《おやこどん》を勢《いきお》いよくかきこんだ。

しかし、三分の二を食べ終えたところで箸《はし》を止めた。スマホに届《とど》いたメッセージを確《かく》認《にん》するためだ。

【来月のシフト、どうする？　もちろん学業優先《ゆうせん》で、無理しなくていいからな】

父に見られないようにスマホを裏返《うらがえ》した拓郎《たくろう》は、今度は小さくため息をついた。

メッセージの送り主は、アルバイト先のオーナーシェフだった。

ここだけの話、拓郎《たくろう》は今、平日は父に内緒《ないしょ》で、住んでいるアパートの近くにあるイタリアンレストランでアルバイトをしているのだ。

その店は、☆の評価《ひょうか》が四・六という超《ちょう》人気店。訪《おとず》れる客もきらびやかで品があって、まちがってもうす汚《よご》れたサンダルで店に入ってくるような人はいなかった。

オーナーシェフはだれもが知る高級車に乗っているけれど、高飛車な雰囲気《ふんいき》もなく、メッセージを読んでもわかる通り、気遣《きづか》いのできる優《やさ》しい人だ。

拓郎《たくろう》がチラリと父を見ると、父は相変わらず仏頂面《ぶっちょうづら》で、黙々《もくもく》と作業を続けていた。

子どものころは、そんな父の姿《すがた》にあこがれ、将来《しょうらい》は父のようになりたいと強く思って、料理人を志《こころざ》した。

常連客《じょうれんきゃく》に、「将来《しょうらい》はタクちゃんがこの店を継《つ》いでくれるんだから安泰《あんたい》だな！」なんて言われるたび、くすぐったくて、誇《ほこ》らしい気持ちにもなった。

当時の拓郎《たくろう》は、当たり前に自分が店を継《つ》ぐものだと考えていたのだ。

ところが今は、心が揺《ゆ》らいでいる。

拓郎《たくろう》は大衆食堂《たいしゅうしょくどう》の頑固親父《がんこおやじ》ではなく、アルバイト先のイタリアンレストランのオーナーシェフに、強いあこがれを抱《いだ》くようになっていた。

ぶっちゃけ、☆の評価《ひょうか》も低いような店を継《つ》いだってなぁ。都会に出てみて、自分の視《し》野《や》がせまかったことに気づかされた。

だから今日は、思いきって父に今の気持ちを打ち明けようと思って来たのだ。

自分は将来《しょうらい》、この店を継《つ》げないかもしれない。申《もう》しわけないけれど、代々《だいだい》続くこの食《しょく》堂《どう》は、父の代で終わりになると思う。

持っていた箸《はし》を置いた拓郎《たくろう》は、覚悟《かくご》を決めて口を開いた。

「あのさぁ、父さん、俺《おれ》…………」

けれど、肝心《かんじん》の言葉は喉《のど》の奥《おく》につかえて、なかなか声にならなかった。

いざ言おうとすると、あと一歩のところで勇気が出ない。

心臓《しんぞう》はバクバクと高鳴っていて、膝《ひざ》の上で握《にぎ》りしめたこぶしは震《ふる》えていた。

父を悲しませてしまうのではないかと考えたら、罪悪感《ざいあくかん》で胸《むね》が押《お》しつぶされそうだ。

「……拓郎《たくろう》」

その時、ずっと無言だった父が口を開いた。

「な、何？」

顔を上げた拓郎《たくろう》は、緊張《きんちょう》しながら父を見た。

「世間の評価《ひょうか》なんて、どうでもいいんだよ」

「え？」

「大事なのは、そこに自分の魂《たましい》が宿っているかどうかだ」

それだけ言うと、父は腰巻《こしま》きエプロンのヒモを結び直した。そして冷蔵庫《れいぞうこ》から取り出した魚を、手際《てぎわ》よく三枚《まい》おろしにする。

包丁さばきは衰《おとろ》え知《し》らずどころか年を重ねるごとに洗練《せんれん》されていくようにも見え、鍋《なべ》を振《ふ》る様子も繊細《せんさい》なのに力強かった。

それが、どれだけすごいことなのか、今ならわかる。

厨房《ちゅうぼう》に立つ父は老いたが、凜《りん》としていて格好《かっこう》よくて、拓郎《たくろう》が子どものころにあこがれていた姿《すがた》のままだった。

「そう、だよな。大事なのは魂《たましい》が宿ってるかどうかだよな」

膝《ひざ》の上のこぶしを握《にぎ》り直した拓郎《たくろう》は、改めて店内を見まわした。

シミがついた壁《かべ》や床《ゆか》に、雑然《ざつぜん》とした厨房《ちゅうぼう》。どこを見てもお世辞にもきれいとは言えないし、年季が入っている。

アルバイト先のイタリアンレストランの最先端《さいせんたん》キッチンとは大ちがいだ。

だけど、ここに来ると不思議《ふしぎ》と、血が熱くたぎるような感覚になって心が震《ふる》えた。

それは拓郎《たくろう》だけでなく、この店を訪《おとず》れる常連客《じょうれんきゃく》たちも同じようで、

「ここで食事をすると、明日もがんばろうって気持ちになるんだよな」

なんて話を、これまで何度も聞いたことがあった。

この店には、父をはじめとする歴代《れきだい》の料理人たちの魂《たましい》が宿っているのだ。

〝おいしい〟と言ってくれる人のために腕《うで》を振《ふ》るい続《つづ》けた、料理人たちの熱い魂《たましい》が宿っている。

とたんに、この店をよく知りもしない人たちがつける☆の評価《ひょうか》が、くだらないものに思えた。

拓郎《たくろう》は世間の評価《ひょうか》ばかりを気にして、〝自分の料理でだれかを幸せにしたい〟という本来の目的を見失いかけていた。

「父さん、俺《おれ》もいつかここで、お客さんの魂《たましい》を震《ふる》わせられるような料理をつくるよ」

この店が好きだと言ってくれる人たちのために、この店を守り続けよう。

拓郎《たくろう》は再《ふたた》び箸《はし》を持ち、残っていた親子丼《おやこどん》をかきこんだ。そして、「ごちそうさまでした！」と手を合わせたあと、空になったどんぶりをカウンターの上に置いた。

「お父さん、それに拓郎《たくろう》もお疲《つか》れさま」

その時、タイミングよく、拓郎《たくろう》の母が店の二階から下りてきた。

エプロン姿《すがた》の母は、有名旅行会社のパンフレットを手に持っていた。

「父さんと母さん、旅行に行くの？」

「ふたりだけで行くわけじゃないのよ。町内会で行くんだけど、今年はうちが宿泊先《しゅくはくさき》を決めてくれって頼《たの》まれちゃってね」

母はまんざらでもない様子で笑《わら》った。食堂《しょくどう》をやっているとなかなか休みも取れないから、その旅行を楽しみにしているのだろう。

「ねぇ、お父さん。前に話した旅館で決めちゃっていいかしら？」

母がパンフレットを広げて、確認《かくにん》するように父に尋《たず》ねた。

すると父は魚をさばいていた手を止めて、いつも通りの頑固一徹《がんこいってつ》の雰囲気《ふんいき》で言った。

「その旅館は☆の評価《ひょうか》が低かったから、他《ほか》の宿にしよう」

おかえり、灰色《はいいろ》ちゃん

少し昔の話だ。

北の国に住むマリアとイヴァンは、仲のいい若夫婦《わかふうふ》だった。湖のそばの小さな家に住み、畑で小麦をつくって暮《く》らしていた。

日本のほとんどの地方で小麦といえば、秋に種をまき翌年《よくねん》の初夏までに収穫《しゅうかく》するものだが、マリアとイヴァンの国ではちがう。冬の寒さがとても厳《きび》しいため、雪どけあとに種をまいて夏の終わりに収穫《しゅうかく》する。これを「春小麦」と呼《よ》んだ。

近くの湖には、夏になるとたくさんの渡《わた》り鳥《どり》がやってくる。その多くは水鳥たちだ。さまざまな色や形をした小さなカモたち、ガチョウより少し大きめで、茶色や灰色《はいいろ》の羽《う》毛《もう》のガンたち、そして、大きくて純白《じゅんぱく》のハクチョウたち。

渡《わた》り鳥《どり》たちは短い夏の間に卵《たまご》を産み、ひなを育てる。そして、秋になると、冬を越《こ》すために、ここより南の国へ旅立っていく。

ある夏の夕方のこと。農作業を終えて帰ってきた夫婦《ふうふ》は、家の近くでばたばたとおかしな音を聞いた。あたりを探《さが》すと、鶏小屋《にわとりごや》の前にキツネがいる。キツネはふわふわした灰色《はいいろ》の羽毛《うもう》のかたまりをくわえていて、そいつがばたばた暴《あば》れていたのだ。

「あ、こらキツネの野郎《やろう》！　よくもうちのニワトリを」

イヴァンが鎌《かま》を振《ふ》りまわし、マリアがバケツを打ち鳴らしながら駆《か》けつけると、キツネはびっくりした様子で獲物《えもの》を放し、すたこら逃《に》げていった。

マリアが急いで鶏小屋《にわとりごや》へ入って数えると、茶色のオンドリ、だんだらもようのメンドリ、黄色のぴよぴよヒヨコたちは、みんなそろって奥《おく》に引っこんでいて無事だった。

ほっとしていると、イヴァンが灰色《はいいろ》のふわふわ羽毛《うもう》を抱《かか》えてやってきた。

「なんとまあ、こいつはガンのひなだった」

ふわふわの羽毛《うもう》から、にゅるりとヘビのような長い首が出てきた。ぼさぼさの頭、ガラス玉のような瞳《ひとみ》、ぷっくりとしたほっぺに真っ黒なくちばし。

マリアは思わず笑《わら》い出《だ》した。

「なんて、まぬけなひなっ子なんだろう。あんた、ケガはしてない？」

夫婦《ふうふ》が顔を寄《よ》せると、がんのひなはカン高い声で「カウカウカウ」と鳴き、ふたりの鼻や耳やあごをくちばしでかんだ。ちっとも痛《いた》くなくて、ざらざらしたくちばしがくすぐったくて、マリアとイヴァンは大笑《おおわら》いした。

体の表面にケガは見えなかったが、この子は、全身がぐにゃぐにゃしていて、まっすぐ歩けないようだ。

「イヴァン、湖に帰したほうがいいんじゃない？」

「そりゃ、それが神様の思《おぼ》し召《め》しだよな、マリア」

そう言いながらも、ふたりはこの灰色《はいいろ》の子ガンが心配でたまらなかった。

「もうちょっとしっかりしたら、放そう、イヴァン」

「マリア、そりゃあ、まったくその通り、名案だね」

ふたりは、ぐにゃぐにゃの灰色《はいいろ》の子ガンを、家に連れて帰った。

その日のうちに、子ガンはすっかり夫婦《ふうふ》になついた。ふたりのあとをよちよちついてきたり、あちこち軽くかんで甘《あま》えたりするようになった。

ふたりはどちらともなく、子ガンを「灰色《はいいろ》ちゃん」と呼《よ》ぶようになった。

灰色《はいいろ》ちゃんはとても食《く》いしん坊《ぼう》だ。起きている間じゅう、小麦やふすま※だけでなく、そこらに生えている草でもなんでもかんでも、夏じゅうずっとぱくぱく食いまくった。

おかげで秋には、最初に見つけた時の、三倍は大きく重たくなった。

ところが、首や足はまだぐんにゃり、動きもゆっくりのままだ。食うものがなくなると、「カウカウカウ」とカン高く鳴いて、マリアやイヴァンの服や靴《くつ》を甘《あま》がみする。

「この、いたずらっ子め」

抱《だ》き上《あ》げると、今度は鼻やら耳やらあごやら、そこらじゅうをかまれる。それがますますかわいらしく、マリアとイヴァンは、灰色《はいいろ》ちゃんを我《わ》が子《こ》のように大切に育てた。

初雪が降《ふ》った。そのころには、湖の渡《わた》り鳥《どり》たちはだいぶ少なくなった。みんな、南の国へ旅立ったのだ。

やがて、灰色《はいいろ》ちゃんの様子がおかしくなった。どうにも落ち着かない。おやつも食わずじっと南の空を眺《なが》めていたり、翼《つばさ》を広げてばっさばっさと羽ばたいたりした。

厳《きび》しい渡《わた》りの旅はこの子にはきっと無理だろう、と考えた夫婦《ふうふ》は、灰色《はいいろ》ちゃんをできるだけ部屋の中に閉《と》じこめておくことに決めた。

ところがある日、イヴァンがうっかり戸口を開けたまま外へ行き、マリアがうっかり目を離《はな》したすきに、灰色《はいいろ》ちゃんは外へ出てしまった。

「灰色《はいいろ》ちゃん、灰色《はいいろ》ちゃん、戻《もど》っておいで、ほら、おやつをやるから」

マリアは必死に叫《さけ》んだが、手遅《ておく》れだった。

灰色《はいいろ》ちゃんは大きく翼《つばさ》を広げ羽ばたいた。ぐにゃぐにゃの足を不器用に動かし、どったん、どったん、どたどた、どたどた、どたたた……と一目散に駆《か》け出《だ》す。

ふわり、大きな体が宙《ちゅう》に浮《う》かんだ、かと思うと、そのまま空高く舞《ま》い上《あ》がり、とうと

※ふすま＝小麦をひいて粉《こな》にした時にできる皮のくず。

う見えなくなってしまった。

マリアとイヴァンは何日も嘆《なげ》き悲《かな》しんだが、やがて、

「これも、神様のなさったことなのだ」

とおたがいを慰《なぐさ》め合《あ》った。


その年の冬、戦争が起こった。

このあたりの村々《むらむら》の若《わか》い男たちは兵隊になって、戦争に行かねばならなくなった。

イヴァンのもとにも、兵隊になるようにと、お国から命令の通知が来た。

悲しむマリアに、イヴァンは言った。

「ぼくは遅《おそ》くとも、はくちょう座《ざ》の季節にはきっと帰ってくる。そうじゃないと、君ひとりで小麦の収穫《しゅうかく》をさせることになってしまうからね。ぼくは君に、そんな苦労はぜったいにさせない」

この地方ではくちょう座《ざ》がよく見えるのは、六月から八月にかけて。小麦の収穫《しゅうかく》は八

月の末まで。男手がなければ、この地方の農業は成り立たない。農業が成り立たなければお国だって困《こま》るはず。だからそのころにはきっと帰れる、とイヴァンは考えたのだ。

年が明けてすぐ、イヴァンは出征《しゅっせい》した。

春が来て、雪がとけると、マリアは畑へ出た。凍《こお》った大地を耕《たがや》し、たい肥《ひ》をまき、春小麦の種をまいた。土を寄《よ》せ雑草《ざっそう》や虫をとり、雨がなければ水をやり、穂《ほ》をついばむ小鳥たちを追《お》い払《はら》い、何か月もずっとひとりで畑の世話をした。

六月が過《す》ぎ、七月が過《す》ぎた。夜遅《おそ》くまで畑で働くマリアの頭上に、はくちょう座《ざ》の星々《ほしぼし》がかがやくようになっても、イヴァンは帰らない。手紙すら一通も来なかった。

八月になった。

麦畑は黄金色《こがねいろ》の海のようだった。風が吹《ふ》けば、重たい穂《ほ》をつけた小麦は、いっせいにざわざわ揺《ゆ》れて、大波小波のようにうねった。

マリアはじっと畑を見つめた。今月末には収穫《しゅうかく》をしなければならないだろう。ひとりで刈《か》るならば、早めにはじめなければ。

そんなある日、マリアが畑で麦の穂《ほ》の具合を見ていると、遠くに人影《ひとかげ》が見えた。かげろうに揺《ゆ》らめくその人影《ひとかげ》は、だんだんこちらへ近づく。兵隊の服を着ている。

「イヴァン！」

マリアは畑を飛び出し、その人のもとへ駆《か》け寄《よ》ったが、ぱたりと足を止めた。

「ひょっとして、あなたがマリアさんですか？」

そう尋《たず》ねた兵隊は、マリアの知らないひどくやせた男だった。

家に招《まね》かれた男は、ぽつぽつ語りはじめた。

「自分は、イヴァンさんと同じ部隊でした。訓練中、イヴァンさんにはとても親切にしてもらいました。病弱でのろまな自分を、よくかばってくれたんです」

マリアは身じろぎもせず、ひとことも話さず、ただ一心に男の話を聞いた。

「ところが、戦場に着いてすぐ、自分たちの部隊はひどい爆発《ばくはつ》に巻《ま》きこまれました。あれは……ひどい、とにかくひどかった。自分はたまたま熱病にかかって戦場に着くのが遅《おく》れ、偶然《ぐうぜん》助かった。爆発《ばくはつ》のあとを、懸命《けんめい》に探《さが》したんですが」

元兵士《もとへいし》はごくりと喉《のど》を鳴らした。

「残念ながら多くの犠牲者《ぎせいしゃ》がばらばらに入《い》り混《ま》じっていて、とても、その……区別がつきませんでした。ただ、この時計だけが」

元兵士《もとへいし》が差し出したのは、ひしゃげた懐中時計《かいちゅうどけい》だった。まちがいない。それは見る影《かげ》もなかったが、イヴァンに誕生日《たんじょうび》プレゼントとして、マリアが贈《おく》ったものだったから。

マリアはそれを受け取り、無表情《むひょうじょう》に礼を言った。

その翌日《よくじつ》、マリアはたったひとりで小麦の収穫《しゅうかく》をはじめた。何かに取《と》り憑《つ》かれたように、一日じゅう休みもせず、ひたすら小麦を刈《か》り続《つづ》けた。

日が暮《く》れ暗くなって、へとへとに疲《つか》れきったマリアは畑に倒《たお》れた。仰向《あおむ》けになって空を仰《あお》ぐと、はくちょう座《ざ》でいちばん明るい星、デネブがかがやいているのが見えた。

無表情《むひょうじょう》のまま、マリアはつぶやく。

「イヴァンの嘘《うそ》つき、あなたがわたしに嘘《うそ》をつくなんて」

そのままじっと夜空を見上げていたが、マリアは眉《まゆ》をひそめた。空に、点のような黒い影《かげ》が見える。影《かげ》はどんどん大きくなって、「カウカウカウ」とカン高い声もした。

あわてて立ち上がったマリアの腕《うで》の中に、真っ白で大きな粉袋《こなぶくろ》のようなものが、どさん、と落ちてきた。その勢《いきお》いと重みに、マリアは畑に尻《しり》もちをついて、

「へえええ？」

思わずおかしな声をあげてしまった。

腕《うで》の中にいるのは、見事な純白《じゅんぱく》のハクチョウだ。ハクチョウはにゅるりとヘビのような首をもたげると、「カウカウカウ」と鳴いた。ぼさぼさの頭、ガラス玉のような瞳《ひとみ》、ぷっくりとしたほっぺに黒と黄色のくちばし。ハクチョウは、マリアの鼻やら耳やらあごやら、そこらじゅうを優《やさ》しくかんだ。

「あんた、灰色《はいいろ》ちゃんなの？　あんた、ガンじゃなくて……ハクチョウだったのね」

マリアが抱《だ》きしめると、灰色《はいいろ》ちゃんは足をばたばた動かして喜《よろこ》んだ。その足に、細い

筒《つつ》のようなものがついている。外してみると、※薬《やっ》きょうからつくられた容器《ようき》だ。油紙とロウで厳重《げんじゅう》に封《ふう》された中に、何かがぎちぎちに詰《つ》められている。

マリアは手持ちのランプに灯《ひ》を入れた。細心の注意を払《はら》い、震《ふる》える指で中身を抜《ぬ》き取る。きっちり丸められたものを広げると、手のひらほどの大きさの紙切れだ。

紙切れには表裏《おもてうら》ぎっしり、細かな文字が書き連ねられていた。

《マリアへ
元気かい？　君が無理して働きすぎていないか心配だ。この手紙が君のもとに届《とど》いたなら奇跡《きせき》だ。ぼくらの灰色《はいいろ》ちゃんが、長い旅を無事に乗《の》り越《こ》えた証拠《しょうこ》だからね。
ぼくは爆弾《ばくだん》の風で吹《ふ》っ飛《と》ばされて、雪深い谷底へ転がり落ちた。何かにつっつかれて目を覚ましたんだけど、つっついてたのは灰色《はいいろ》ちゃんだった！　ぼくがどれほどおどろいたか、君ならきっとわかってくれるはずだ。灰色《はいいろ》ちゃんはすっかり真っ白で灰色《はいいろ》ではなくなっていたけど、去年の夏にそうしたように、ぼくの鼻や耳たぶをかんでおやつを

※薬《やっ》きょう＝弾丸《だんがん》を飛ばすための火薬を詰《つ》める、金属製《きんぞくせい》の小さな筒《つつ》。

ねだったから、すぐにわかったよ。それに、今でもなんだかぐにゃぐにゃしてるしね。

　ぼくは地元の人に発見され、近くの村に連れていかれた。この村のそばには湖があって、ハクチョウやガンやカモたちがたくさんいた。その中に灰色《はいいろ》ちゃんもいた。ここは、渡《わた》り鳥《どり》たちが冬を越《こ》す場所だったんだ。

　ぼくは少しケガをしたけど、親切に看護《かんご》してもらったおかげで、今はすっかり元気だ。このことを早く君にも、軍にも知らせたかったけど、このあたりは戦争のせいで、線路も道路も電信も、めちゃくちゃに破壊《はかい》されてしまって、復旧《ふっきゅう》のめどが立たなかった。郵《ゆう》便《びん》も電報《でんぽう》も頼《たの》んだものの、とうぶん届《とど》きそうにない。何か他《ほか》に方法がないかと考えて、イチかバチか灰色《はいいろ》ちゃんの足に手紙をつけてみた。

　灰色《はいいろ》ちゃんはハクチョウになっても、やっぱりのんびり屋でぼんやりしてるから、旅立ちも到着《とうちゃく》も、きっと他《ほか》のハクチョウに比《くら》べてだいぶ遅《おそ》くなりそうだ。でも近々《ちかぢか》鉄道が復旧《ふっきゅう》するうわさがあって、ぼくの頼《たの》んだ郵便《ゆうびん》か電報《でんぽう》か、灰色《はいいろ》ちゃんのどれかがきっと、君のもとに届《とど》くと信じている。どれがいちばん先に着くかは、お楽しみだね。

だからマリア、もう少しだけ待っていておくれ。

ありったけの愛をこめて、イヴァンより》

麦畑に座《すわ》りこんだまま、マリアはむさぼるように手紙を読んだ。

そのまわりを、灰色《はいいろ》ちゃんはえっちらおっちら歩きまわる。あたりに麦の穂《ほ》がたくさん落ちているのに気がついて、大喜《おおよろこ》びでがつがつ食《く》い出《だ》したけれど、ふいに首を上げ、「カウカウカウ」とカン高い声で鳴いた。

マリアが顔を上げると、灰色《はいいろ》ちゃんはどたどた駆《か》けていく。「カウカウカウ」と鳴いて、そこに立っている兵隊の、ぼろぼろのズボンや靴《くつ》をあちこちかみはじめた。

ぼろぼろの兵隊は灰色《はいいろ》ちゃんの頭をなで、それから、マリアに向かって手を振《ふ》った。

「やあ、いちばんは灰色《はいいろ》ちゃんで、二番目がぼくか。でも、はくちょう座《ざ》の季節にぎりぎり間に合ったから、許《ゆる》してくれるよね？　マリア」

イヴァンを固《かた》く抱《だ》きしめて、マリアは初めて涙《なみだ》を流した。

● 執筆担当

小鳥居ほたる（ことりい・ほたる）

石川県出身。2018年『記憶喪失の君と、君だけを忘れてしまった僕。』（スターツ出版）でデビュー。著書に『あなたは世界に愛されている』（実業之日本社）、『壊れそうな君の世界を守るために』（スターツ出版）などがある。

櫻井とりお（さくらい・とりお）

京都府出身。公立図書館で10年間以上司書として勤務した。2018年、第1回氷室冴子青春文学賞大賞受賞。『虹いろ図書館のへびおとこ』（河出書房新社）でデビュー。著書に『図書室の奥は秘密の相談室』（PHP研究所）などがある。

村咲しおん（むらさき・しおん）

愛知県出身。会社員をしながら作家もしている。女性向けアンソロジーに作品多数掲載。『ラストで君は「まさか！」と言う』シリーズ（PHP研究所）にて児童書へと活躍の場をさらに広げる。

小春りん（こはる・りん）

静岡県出身。2021年、小学館ジュニア文庫小説賞の金賞を受賞。著書に「三つ子ラブ注意報！」シリーズ（小学館）、『はちみつ色の太陽』『きみと僕の5日間の余命日記』（以上、スターツ出版）などがある。

花園メアリー（はなぞの・めありぃ）

埼玉県出身。『宇宙とビスケット』で集英社Webマガジンコバルト第218回短編小説新人賞受賞。『意味がわかると怖い3分間ノンストップショートストーリー　ラストで君はゾッとする』（共著、PHP研究所）に「幸福デパート」が収録されている。

装丁・本文デザイン・DTP	根本綾子（Karon）
カバー・本文イラスト	吉田ヨシツギ
校正	株式会社　夢の本棚社
編集制作	株式会社 KANADEL

3分間ノンストップショートストーリー

ラストで君は「まさか！」と言う　きらめく夜空

2024年11月6日　第1版第1刷発行

編　者	PHP研究所
発行者	永田貴之
発行所	株式会社PHP研究所
	東京本部　〒135-8137　江東区豊洲5-6-52
	児童書出版部　TEL 03-3520-9635（編集）
	普及部　TEL 03-3520-9630（販売）
	京都本部　〒601-8411　京都市南区西九条北ノ内町11
	PHP INTERFACE https://www.php.co.jp/
印刷所・製本所	TOPPANクロレ株式会社

ISBN978-4-569-88188-1

NDC913　191P　20cm